場　人　物

飯嶋直幸《いいじま・なおゆき》

県立今野《いまの》高校一年。一年B組。テニス部。

小早川千尋《こばやかわ・ちひろ》

県立今野高校一年。一年B組。クラス代表。

一章

四階教室から望む街並みは、舞い踊る桜の花弁《かべん》に彩《いろど》られている。

この春、高校一年生になったばかりの飯嶋直幸《いいじまなおゆき》は、窓際の席からその眺めを見下ろして、雅《みやび》な気分に浸っていた。

四月である。

華やかな印象とは裏腹に、入学直後は誰にとっても不安がつのる時期だ。

新しい教室、新しい仲間、新しいことずくめの環境で、果たして自分はうまくやっていけるだろうかという憂《うれ》いだ。

いじめられないだろうか、部活にシゴキはないだろうか、友達はできるだろうか、授業についていけるだろうか。悩み事は尽きず、新一年生たちの笑顔もまだ少しこわばり気味だ。

景色をぼんやり眺める余裕があるのは、クラスでもひとりだけだった。

それは青い煩悶《はんもん》から解放された者の態度だ。

直幸はうまくやった。

いつもどおり、いやいつも以上に、器用に第一歩を踏み出せた。

友人、部活、クラスでの立ち位置。さしあたって不自由のない陣を構えるのに、三日もかからなかった。

早期に安全な立ち位置を確保したことで、直幸は思い惑いから解放されているのだ。器用な自分を、少し誇らしく思ってもいる。だがそのことをうっかり表に出して不興《ふきょう》を買うことはしない。器用で聡明《そうめい》で早熟《そうじゆく》な、そんな少年だ。

窓の外から、クラス内に目線を向ける。皆、思い思いの相手と、探り探りの日常会話を繰り広げている。

ほほえましくも、おだやかな空気だった。

なかなか悪くないクラスだ。所属する一B教室の印象を、直幸はそう評する。

扉《とびら》が勢いよく開いた。無神経で、耳障《ざわ》りな音がした。

教室がシーンと静まりかえる。

街中で不意に銃声《じゆうせい》が響いた時も、ちょうどこんな空気になるだろう。

おだやかな直幸の面差《おもざ》しに、その眉間《みけん》に、ほんのわずかな間、皺《しわ》が寄った。

両足を肩幅に開いて立っていたのは、眼鏡《めがね》をかけた女子だ。

上履きの色からするに、同じ一年生だろうが、見たことがない。

女子はしばらく教室内を険《けわ》しい目でにらみつけていた。

「誰？」「まさか転校生とか」「早ぇよ！」「誰かの知り合い？」

教室のいたるところで、泡沫《ほうまつ》めいたさざめきが起こった。

意を決したように、女子が一歩踏み出す。

「あ、あのさ、何かご用？」

女子のひとりが、おずおずと声をかける。

少女は無視して、教壇にあがった。

教卓にばんと両手をつく。

朝、始業前で大半の生徒がそろっている教室で、その一挙一動《いっきょいちどう》は注視された。

静寂。少女は何も言わない。秒針が半周するくらいの時間が流れ、皮膚《ひふ》が裂けそうな緊張が張り詰めていく。

そのときだった。

直幸《なおゆき》はぽかんと口をあけた。

少女が抜き身の剣を手にしていたのだ。

いつ取り出したのか。どうやって携帯していたのか。いやそんな疑問よりも、何よりも、刀身にまとわりつく赤いゆらぎはまぎれもなく炎で。

その凶悪な炎の剣を、彼女は両手で振りかぶった。

窓際の最前列に座っていた直幸は、確かにチリチリと前髪を焦《こ》がす熱気を感じた。

そして——


県立今野《いまの》高校は、県下ではトップレベルの進学校だ。

大学付属でも中高一貫でもない、非エスカレーター式の実力主義校で、以前は校則の厳しい学校としても有名だった。

一応、今でも厳しいということになっているが、ここ数年は有名無実《ゆうめいむじつ》化していた。もう入学して一週間にもなるが、実際教師から指導を受けたことは一度もない。

「モンスターペアレント様々だなー」

テニス部仲間のひとりが、教室で朝練後のカツサンドをぱくつきながら、言った。

やや身長低めでがっしり筋肉質、テニスというよりキャッチャーという風体《ふうてい》で、だけど意外に事情通キャラという篠山智弘《しのやまともひろ》は、遊び心のわかる男にもてるタイプの男だ。

さらに篠山は事の経緯をこう説明する。

何年か前、保護者らが厳しすぎる生活指導に対して苦情を寄せた。それを学校側は「伝統」の一言で突っぱねたのだが、インターネット上で紹介されたことで全国から「生徒が校則を無視して好き放題に振る舞う権利を奪う悪の学校」として非難が殺到。最終的には学校側が謝罪し、校則はあくまで尊重すべき目標という位置づけに堕《だ》し、生活指導の徹底も廃《すた》れたのだという。そうした事情を直幸はもちろん受験前にぬかりなく調べて知っていたが、

「へー、すげーな、インターネットの闇《やみ》」

新たな仲間の顔を立てて感心しておいた。政治、である。

「モンペ＋インターネット圧力で神コンボ炸裂《さくれつ》だな」

「なのに部活だけは厳しいってどういうことよ」

別の部活仲間が、そう嘆《なげ》いてみせる。本気ではなく、トークのタネだ。たちまち「きびしーよなあココ」「基礎体メニューからして倍つれーよ」などと、皆話題にのった。一Bには直幸《なおゆき》も含めて、四人もテニス部員がいる。

野球部はひとり、サッカー部もふたりしかおらず、ここ一Bではテニス部こそが最大の運動部グループだ。

うち経験者はふたり、残りふたりは高校からの参入組、ド素人《しろうと》。直幸がつくった状況ではないが、この点も彼の立場を盤石《ばんじゃく》なものとしてくれる頼もしい柱だ。

「そうだ飯嶋《いいじま》、そろそろ一年も乱打はじまったじゃん。ラケット買いたいんだけど、今度見《み》繕《つくろ》ってくれよ」「あ、俺《おれ》も俺も」と、ド素人ふたり。

「ああ、いいよ」

「とりあえず軍資金は五千円あるけど、足りっかな?」

「全っ然足りねー。その三倍くらいかかるぞ。けど最初は試打用のレンタルだろうし、五百円でいいだろ」

「へー、レンタルとかあんの?」

直幸は中学からテニス経験がある。県大会常連の母校では、レギュラーも務めていた。新入部員の中では、ほかの経験者を含めても図抜《ずぬ》けている。だから仲間うちでも一目《いちもく》置かれている。

「一年の時から新品の高いラケット買うと先輩から目ぇつけられるから気をつけろ」

もうひとりの経験者である篠山《しのやま》が、経験談くさいアドバイスをして、四人で笑った。笑い話だが有用なアドバイスである。

そのとき、教室の引き戸が勢いよく開く。

教室内にさっと緊張が走る。

圧倒的な存在感が、強者《きょうしゃ》の波動を放ちながら教室に踏み入ってくる。あまり関わり合いになりたくない生徒が、顔を伏せたり目をそらしたりする。

超絶的存在は、今日《きょう》も眼鏡《めがね》がよく似合っていた。

「……出たってばよ」

ほとんどモンスター枠《わく》の扱いで、篠山がつぶやく。

入学一週間である。

しかし彼女、小早川千尋《こばやかわちひろ》にとっては三日目だ。

あの日、教壇に立った千尋がやったこと。

それは三日遅れの、有無《うむ》を言わさぬ自己紹介だ。

「体調不良が原因で、今日からの通学になります。○×中学出身、小早川千尋です。よろしくお願いします」

かっこいいかも、と思ってしまった者、多数。

動作にキレがあって、眼光が鋭《するど》くて、言葉がハキハキしていて、知的な眼鏡で、教壇で自発的に自己紹介するような人間は、かっこよく見えることもある。

直幸《なおゆき》だけが多少懐疑《かいぎ》的だった。

初日から、男女に囲まれて話しかけられた。転校生気分だったろう。そうしたアプローチに千尋《ちひろ》は丁寧《ていねい》に答えてはいたが、その間、彼女はくすりとも笑わなかった。

直幸は疑惑を深めた。

炎の剣は、幻《まぼろし》だったのだ。その証拠《しょうこ》に、ほかの誰もそんなものは見ていないと言う。幻覚《げんかく》なのだか錯覚《さっかく》なのだかわからないが、直幸だけが目にした熱量さえともなう幻視。

炎の剣――

意味がわからない。アニメか。

あれはことによると、危険信号のようなものなんじゃないかと直幸は考えている。


直感の正しさを証明するかのように、翌日、最初の犠牲者が出た。

多くの者の知らぬところで、小早川《こばやかわ》千尋はとある女子からカラオケに誘われ、応じたという。カラオケボックスで飲酒を勧められた彼女は、断《ことわ》ると同時に相手にもただちに飲酒をやめるよう要求。相手はこれを固辞し、ダンサブルな楽曲に舞い踊りながら見せつけるように痛飲《つういん》を続けた。サッカー選手が祝勝会でやるような、とても表現できる、両手でビール瓶《びん》をラッパ飲みにするその態度は、口うるさい千尋に対する挑発《ちょうはつ》の意味もあった。千尋はその日のうちに彼女の飲酒を学校に電話で言いつけた。俗に言うセンコーにチクり、である。

「センチクをあれほどためらいなく実行するヤツを、俺《おれ》は知らねぇ」

篠山《しのやま》がけしからん、のニュアンスで言った。

「むごかったな、あれは」

直幸にしてもまったく同感である。

正しいのだ。正しいのだが、むごい。そういう人間は、時として集団の和を破壊する。まことにけしからんことである。

その痛飲女生徒、宇賀神彩子《うがじんあやこ》が直後、急性アルコール中毒で病院に運ばれたこととあいまって、本エピソードはちょっとした伝説となった。哀れな彼女が集中治療室で陰部に尿道《にょうどう》バルーンをぶっさされてラクテック点滴を受けていた屈辱《くつじょく》の午後十時、緊急職員会議によって五日間の停学処分が決定されたのだ。宇賀神父《ちち》は警察からその連絡を受けた時、慟哭《どうこく》したという。前科みたいなものがつくとかつかないとか。

踏んだり蹴《け》ったりの見本みたいな出来事である。

小早川千尋ひとりが成し遂げたこととはとうてい思えない。一Bの面々が驚いたのも無理はない。

小早川伝説はこれだけでは終わらなかった。連鎖した。

宇賀神《うがじん》の押しの強い性格を、少し迷惑だと感じていた別の女子グループが、千尋《ちひろ》に接触をはかった。敵の敵は味方の理屈だ。

「あの子さー、中学の頃《ころ》から知ってるけど、ノリがイッキ飲み大学生と一緒で、遊んでると疲れるんだよね。今回のことっていい薬になったと思うよ？　ところで口直しってんじゃないけど、うちらと遊びに行かない？　男子バスケ部とプチ合コンみたいなことするんだけど。もちろんお酒はなしで」

椅子《いす》に座ったままカバンに教科書を詰めていた千尋は、相手を見上げて無感情に「不純異性交遊は校則で禁止されてる」と短く告げて元の作業に戻った。

「えー、いいじゃん。このくらい。そんな不健全じゃないよ。いきなり、とかはなし。あたしが許さんし。バスケ部ってかっこいい男子多いから、参加するだけでも目の保養になると思うし。それに小早川《こばやかわ》さんみたいな人、一部にすっごく人気出そうだよ。男選び放題って状況もつくれちゃうかもよ？」

「悪いけど、校則に違反したくないから」

今度は、見もしなかった。

「平気だって、校則なんて誰も気にしてないんだから。じゃあ三十分だけってのでどう？　クラスに溶け込むって意味で」

「行けない」

「うーん」。女子は唸《うな》った。「なんか完全拒否って感じだね。何か予定でもあるの？」

千尋はカバンに最後の教科書を押し込みながら、

「入学していきなり校則無視を人に勧める愚物《ぐぶつ》」

女子の面々はわずかな間、言葉を失った。

しばらくして、やっとで引きつり笑いをつくり、取り繕《つくろ》うようなことを口々に言う。

なんか怒らせちゃったかな小早川さんって校則とか大事にしてるんだいいと思うよそういう人もクラスにはいるよねでもたまには息抜きもところでグブツってどういう意味——

回復をはかる最後のチャンスだったはずである。

この設問における模範《もはん》回答例を示す。

「なんだか誤解させちゃったあ？　わたし、ちょっとイライラしてたみたい。当たっちゃったみたいになってごめんね？　さっきのは全然本音《ほんね》じゃなくて、ちょっと混乱してただけなんだー。ゼヒゼヒ仲良くしよっ、ですよ！　あ、あたしのことは千尋って呼んでね！」

これで世界は平和だったはずだ。

実際の回答はこういうものだった。

千尋は決然と立ち上がった。女たちが口をつぐんだ。

「淫乱《いんらん》」

とだけ告げて、カバンを肩にかけポケットに手を突っ込んですたすたと教室を出ていってしまった。

残されたリーダー格の顔から、表情が一瞬で剝《は》がれ落ちていた。

しばらくして、じわりと目尻《めじり》に涙が浮かぶ。大泣きする。周囲の友達が慰《なぐさ》めに入る。事態を静観していた直幸《なおゆき》は、深く大きな溜息《ためいき》をつく。

痛ましい出来事だった。

だが小早川千尋《こばやかわちひろ》は、万事《ばんじ》がこんな調子だった。

三日も経《た》つ頃《ころ》には、誰も話しかける者はいなくなっていた。千尋はそのことを微塵《みじん》も気にしていないようだ。

直幸が三日でうまくやったように、彼女は三日で孤高《ここう》を手に入れたわけだ。

ある意味、互角《ごかく》なのかもしれない。

彼女は愚物《ぐぶつ》と人をなじった。だが直幸は、小早川自身こそが愚《おろ》かだと思った。


「飯嶋《いいじま》のとこ、部活休みっていつ？」

クラスメイトの中目黒《なかめぐろ》は、若干《じゃっかん》人よりスローテンポで話す。

若干というのがくせ者で、トロいと言い切るほどでもないため、気づかず話していると知らずストレスが溜《た》まっていることがある。この女と話していて、直幸は何度心の早送りボタンを押したかしれない。

もちろんそんな苛立《いらだ》ちを表に出すのはＮＧで、営業モード一択《いったく》なのではあるが。

「うちは月曜だよ」

「じゃあ来週の月曜さ、うちとそっち合同で放課後遊びに行かない？」

そんな話じゃないかとは思っていた。

最近、直幸は女子グループのひとつと親交を持つようになった。中目黒はそこの外交員みたいな女だ。

「こっちは平気。どこ行きたい？」

「椎原《しいはら》たちがねー、地元じゃないから駅前案内してほしいんだって」

椎原一派は、クラスではもっとも目立つ四人組だ。

ケバいわけではないのだが、校則の範囲内で可能な限り制服おしゃれをしようと小さな創意工夫を積み重ねていて、彼女らが高校生活を通して遊ぶことの大切さを学びたいと切に願っていることは明らかだった。

正直、蛇《へび》の印象が強い。

肉食で、攻撃的な、は虫類。

いや、かわいいのだ。皆かわいいのだけれど、蛇。

口には出さない。当たり前だ。如才《じょさい》ない飯嶋直幸は、こんなところでミスはしない。

その四人の中でも中目黒《なかめぐろ》は頭ひとつ分、容姿《ようし》が整っている。

これで強気なら女王にだってなれたろうが、温和な性格が軽《かろ》んじられてか、わりといじられたり便利な連絡役にされてしまっている。蛇《へび》の中にまぎれた兎《うさぎ》といった趣《おもむき》だ。

だがこの兎は存外したたかで、保身の術《すべ》には長《た》けている節《ふし》がたびたび見受けられて、なんだかそういうところが同族を見る思いがして直幸《なおゆき》には複雑だった。

しかもやってることが一緒。

仲間からやっかまれないため、グループ交際のセッティング、である。

「そーいやねー、小沼《こぬま》が飯嶋《いいじま》の趣味知りたがってたよー」

聞いてきて、とお願いされちゃったのだろうか。いずれにしても、中目黒自身の質問ではないからか、彼女とのトークはどこか上滑りしたものになる。

「テニス以外で？　中学の時に遊びでやってたフットサルくらいかなあ……」

「フットサルね。メモメモ」

てのひらに指でメモするフリをする。それはギャグだから、軽く笑ってやる。

「家にいる時とかは、なにしてんのかね？」

詰まってしまった。五秒ほど。

中目黒が怪訝《けげん》そうに首をかしげた。

「……ベタだけど、音楽とか、かな」

「どんなの聴いてる？」

本当に友達のために取材してるだけだなこの女、との呆《あき》れは胸に秘め、人気アーティストの名前をいくつか挙げる。リアリティを添えるため、少しだけメインストリームから外れた、マニアックなものを含めた。

ふんふんとうなずきながら聞き終えて、中目黒は講評する。

「飯嶋ってなんか全体的にクールだねえ」

期待どおりで、予定どおりの評価ではあったのだ。

そのはずなのに、まるでつまらないヤツ呼ばわりされているような気がして、そういうニュアンスがしたたかに込められているようで、少しだけむっとした。

「じゃ、あとはこっちで段取っとくよ」

「あ、待って待って。飯嶋ってさあ、彼女いる？」

へらへらと笑いながら代理で質問されても、胸はときめかない。

「いない」

「気になってる子とかは？」

「まだいないかな」

「ふぅん」

少しだけ意外そうに、中目黒は首を傾けた。

自宅に戻ると、直幸《なおゆき》は毎日のように大きな溜息《ためいき》をつく。

正確には溜息なのではなく、換気である。

学校で押しとどめていた様々な感情を、こうして入れ替えることでリラックスしているのだった。

とにもかくにも、演技と社交辞令の時間は終わった。今日《きょう》も。

階段の下に荷物を放る。上着も脱ぎ捨てる。ネクタイも取ってしまう。

汚《きたな》らしくて美観を損《そこ》ねること甚《はなは》だしいが、もう来客などないだろうし、二階にあがるときに一緒に持っていけば良い。

ボストンバッグからウエアや体操着など、洗濯物だけ引っ張り出す。

廊下をべたべた歩きながら脱いだ靴下とともに、途中の洗面所に放り込む。

リビングでは父親が大鍋と格闘していた。

「ただい」

「おー」

ソファに尻《しり》を落とす。ソファに隠れて見えなかった母親が、床にじか座りして足の爪《つめ》を切っていた。スーツを着たままで、髪はボサボサにほつれていた。お疲れのご様子。

顔も向けずにおかえり、とだけ言う。

前屈《かが》みになっているせいで、スカートの後ろのところから下着の上端がのぞいていた。

げんなりする。

「パンツ見えてんだけど」

「……はっ」

一笑《いっしょう》に付された。

会社では完全無欠のクールビューティーも、自宅では隙《すき》だらけである。

大型テレビをつけて、ぼんやりと眺める。

時刻はもう七時を回っていた。帰りに部活仲間とできたて熱々コロッケパンをむさぼり食ってきたが、なぜか空腹のままだ。不思議だ。

「できたぞ。持ってけ」

「くい……もん……」「エサ……」

父の声を聞き、母と息子はゾンビのように食い物を受け取りに行く。

メインのスープを目分量でたっぷりよそう。父は隣でラム肉が入っていてどうこうという解説をしていたが、耳にも入らない。疲労空腹混乱時は脳みそがつるつるしていて物事を記憶できなくなる仕組みだ。

父親がデパ地下のパン屋で買う白くて粉っぽい丸パンはクルミの欠片《かけら》が入っていて、いくらでも食える。紙袋にわんさと入ってる中から、とりあえず三つ取る。サラダだけは父が盛ってくれたものを受け取った。トマト三種類が入った、カラフルなサラダ。チーズも振ってある。

三人で卓を囲み、いただきます唱和《しょうわ》、一心不乱にガツガツと食らう。

「あー……」「うー……」「むおぉ……」

三人とも仕事に部活に疲れていて、夕食時はどうしても原始的な部分が出てしまう。

腹が満ちてくると、母親が言葉を思い出したように話しかけてきた。

「ナオ、学校どう?」

「普通」

「いじめられてねーか?」

父親があくびをかみ殺しながら問う。

「平和なクラスだよ。そんなワルもいないし。いじめ自体がなさそう」

「いや、わかんねーぞ。集団だからな。油断すんなナオちゃんよ」

まだ三十代の後半である父は若々しくて、そこらの兄ちゃんのようで、まるで父親の感じがしない。母親もご同様だが。

いつも不思議なのだ。

育てられておいてなんだが、このふたりが親だということが、直幸《なおゆき》にはいまいちしっくりこない。養子だったりして、と邪推《じゃすい》したこともあるが、実の親子なのだ。

「まあアレだ。いつも言ってるけどな。いじめられるくらいなら、いじめる側に回ってくれると、こっちも気が楽だ」

「……まあ、それは、わかる」

今でこそ呑《の》める。呑めるが、はじめてそれを言われた衝撃《しょうげき》を、直幸は忘れていない。

親は無条件で正しい、善の存在だと思い込んでいた。

幼《おさな》い頃《ころ》は、事実そのとおりだった。

直幸が成長するにともない、父母は家庭内教育における倫理《りんり》的ロックを解除していった。理想から現実に。悪事は許しちゃいけないから、危険なら悪事は見て見ぬふりをしろ、に。

ふたりの言い分では、高校生はもう子どもではない。

だから、こういうことを教えてもいいのだそうだ。むしろ教えるべきなのだそうだ。

変わった親だろうか。

ふたりとも現役《げんえき》の仕事人で、有能で、高給取りで、容姿《ようし》や成績などの面で生まれついての勝ち組なことが影響しているのだろうか。しているだろう。このふたりには、貧しいなりに、負け犬なりに充実した人生を……という発想はない。

人を踏みつけにしてでも、保身をはかっていい、と言っているだけだ。

変な親である。

だが、案外どんな親だって似たようなことを考えているのかもしれないなと直幸は思い直す。

「まあ、安心してくれていいよ。うまくやってるから」

「そうか。ならいいけどな」

親子が不仲でもないというのに、飯嶋《いいじま》家にはどこか空虚《くうきょ》さが漂《ただよ》う。

直幸《なおゆき》はそういう空気の中で育っている。


食器を自分で洗って、テレビを気のすむまで眺めて、シャワーを浴びて、一階ですることは全部終わった。荷物を抱えて二階に行く。

飯嶋家はとても裕福だ。共働きで、ダブル高給取り。

だから豪邸《ごうてい》に住んでいる。

かなり広い庭があり、その管理に人まで雇《やと》ってるほどだ。

一人息子である直幸には、二階の日当たり良好フローリング十畳間が与えられている。遊びに来た友人たちの中で、直幸の家庭環境を羨《うらや》まなかった者はひとりもいないという、伝説の神ルームだった。

部屋に戻ってくると、直幸の体に異変が訪れた。

猫背になったのだ。

普段、気を張っているぶん、室内ではゆるむ。そうでなければやっていけない。心の換気扇《かんきせん》を全開にして、明日《あした》を生きる鋭気《えいき》を養うのだった。

部屋は最高だ。直幸は自分の部屋が大好きだ。

掃除は三日に一度はするし、インテリアだって頻繁《ひんぱん》にいじっている。ここでは、なんの演技も愛想《あいそ》笑いもいらない。

ブレザーをハンガーにかけて、ＰＣデスクの前に座る。電源オン。

そろそろ夜の十時を回る。

直幸はブラウザを開き、今もっともアツいと思っている、あるサイトへと飛ぶ。

目的のサイトでは、日記が更新されていた。

画面に鋭《するど》い眼光を走らせる直幸の顔に、変化が現れた。

みるみるうちに目が血走り、口元がニヤリと吊《つ》り上がったのだ。喜悦《きえつ》とか愉悦《ゆえつ》の表情である。

こんなえげつない顔は、学校ではとても見せられない。明らかに性格が悪い顔。人を陥《おとしい》れる顔なのだ。

学校ではこんなリラックスをすることはないから、いらぬ心配ではあるが。

タイトル　本日二名
今日もくだらない学校に行ってくだらない授業を受けた。

引きこもりと今の私は、時間を浪費《ろうひ》しているという意味で本質的に同一の存在なんじゃないかと思うと、テンションダウン。

あれで進学校とは笑わせる。私が卒業したあと、沈んで良し。

高校生は大人ではないのかと思っていた。間違いだった。

知的な会話、大人の関係、皆無《かいむ》。

せめて人間性くらい気高《けだか》く優れていてほしいと願うも、教室は時が経《た》つにつれてサル山化をたどるばかり。

人類は進化して知性を獲得したと言われるが、私に言わせればそんなものは嘘《うそ》である。

さて、今日《きょう》は二名ほど裁《さば》いておくとする。

●その1
本能だけで生きる人間のメス。女性じゃない。メス。少女じゃない。メス。知性の欠如《けつじょ》、清らかさ、可憐《かれん》さ、いっさい無縁。第一印象から石器時代を彷彿《ほうふつ》とさせる振る舞いは、人類への絶望を抱《いだ》かせるに十分。近くによると妙な臭《にお》いがすると思ったら、入浴は最短でも二日にいっぺんだということが判明。おぞけをふるう。それだけなら嫌悪《けんお》するだけだが、嫌がる私に違法行為を強《し》いた罪はどこまでも重い。有罪。

●その2
　手続きひとつ期限内にすませられないバカ男子。たいした人間でもないくせに、プライドだけは人一倍高い。人前で注意したら、それだけで屈辱《くつじょく》に震えて泣いていた。弱くてもろい自我。部活もあのぶんでは、途中でやめてしまうんじゃないだろうか？　たいした人間でもないくせに、人の失敗に不寛容《ふかんよう》で、誰かのミスを小馬鹿《こばか》にする発言が目立つ。人間的魅力、誠実さ、ゼロ。存在自体を許すことはできない。有罪。


　一人目は宇賀神《うがじん》、二人目は安藤《あんどう》のことだと、すぐにわかった。

　ストレス発散は、こうこなくっちゃな。直幸《なおゆき》は満足げに息を吐く。

　『インターネット最高裁』は今一番熱いブログだ。

　ここの管理人が小早川千尋《こばやかわちひろ》であることに気づいたのは、ほとんど偶然と言って良い。

　飯嶋《いいじま》直幸の本当の趣味は、フットサルでも音楽でもましてやテニスでもなく、インターネットで痛い人を探し出すことである。

　謝罪なのに皮肉を込めて問題を拡大するメーカー広報担当、自画撮り写真をアップロードして人気取りに走る女神、暴行動画を意気揚々《いきようよう》とアップするワルガキ、炎上に油を注いでしまう管理人、正論を武器に人を斬《き》りつけるネット通り魔、果てなき揚《あ》げ足取り合戦《がっせん》に明け暮れて正気《しょうき》を失う文化人……。

ネットは痛い人で溢《あふ》れている。

彼らのやらかしっぷりを観察するのは、実にこたえられない。

直幸《なおゆき》のブックマークやフォルダは、人類の暗黒面を体現したようなアドレスや魚拓《ぎょたく》ではち切れそうになっている。

根が闇属性《やみぞくせい》の直幸は、ネットの闇とも妙に相性が良いらしい。

ずいぶんと下品な趣味だ。わかっている。

だから絶対に人には言わないようにしているのだ。

直幸がムカついた人や出来事をジャッジする、というコンセプトのサイト、「イン裁」にたどり着いたのはもう一年も前のことになる。

最初は、年金制度だ領土問題だ政治だのといった、よくあるトピックを薄っぺらく批判するだけの、コンセプト倒れのサイトだった。

こういった社会問題に対しては、問題に対する深い洞察《どうさつ》が求められるはずだが、批判する論調はどこかで見たようなものばかりで、子どもが背伸びして世の中を斬《き》っているような浅薄《せんぱく》さが顕著《けんちょ》だった。

それがここ最近になり、特定個人の裁判が増えてきて……それは実体験に基づくものらしく、なかなか読めるものもあった。

そして読み進むうちに、不意に舞台が一Bクラスの情景と合致《がっち》した。

本名はもちろん、イニシャルさえも出さない。地域や学校を特定する情報や写真も掲載しない。ニュアンスだけのブログ。なのに、合致した。

あとはもう簡単だった。

「イン裁」が千尋《ちひろ》のブログだと確信してからというもの、彼女を意識から除外することができなくなった。

こんなものがクラスの皆にバレたら、とんでもない騒ぎになるはずだ。

が、直幸にはバラすつもりは毛頭《もうとう》ない。

もとより人には言えない楽しみだ。

少しでも長く味わうために、大事に、突撃などして警戒されぬよう、遠巻きに観察していたいというのが本音《ほんね》だ。

「フフフ……」

モニターの光だけが支配する薄闇の中、直幸は足を組んで肘《ひじ》をつき、ニヤリと笑った。

雰囲気に酔って、ちょっとだけ調子に乗る。ストレス発散。心の換気扇《かんきせん》。

「ククク、ハハハ……」。悪《あく》の貴公子《きこうし》を気取って高笑いをする。「踊れよ小早川《こばやかわ》千尋、俺《おれ》の手の中でさ。もっと滑稽《こっけい》なダンスを見せてみろよ！」

電気がついた。明るくなった。

入り口のところに母親が立っていた。照明のスイッチに手をかけている。

「目悪くするからパソコンするなら電気つけな」

「……うん」


ホームルームを費《つい》やすのも、三度目となる。

しかし、決まらなかった。誰も立候補しなかったからだ。

その時々の週番が司会進行を務めた。こうやって毎週、司会番が替わっていけば、いつか誰かが辣腕《らつわん》を発揮《はっき》して自動的に決まるかもしれない、という楽観もあったのかもしれない。

そんなことはありはしない。

誰かが立候補しない限り、決して決まりはしないだろう。

「誰かいませんかー、立候補する人ー」

司会がもう疲れ切った投げやりな声で、何十回目かの呼びかけを行った。

誰も手を挙げない。

教室全体がだらけた空気に支配されていた。

司会の男子は、助けを求めるように横手の担任に顔を向けた。若い担任教師は、露骨《ろこつ》に目をそむけた。やる気がないのだ。

最初の話し合いの時から、皆の自主性に任せる、と宣言したきり一切介入《かいにゅう》してこない。

聞いた話だと、以前は熱血教師だったらしい。しかしやはり、件《くだん》の生活指導クレーム事件に巻き込まれ、ついうっかり問題発言をしてしまったそうだ。「時には生徒を怒ってやることも必要です」とか「話すだけでは解決しないこともあります」とか。前者は感情的な教育を容認すると受け取られかねない発言だし、後者は体罰を肯定《こうてい》しかねないものとして、徹底的に槍玉《やりだま》に挙げられ、減俸《げんぽう》処分を受けて保護者の前で土下座《どげざ》まで強要《きょうよう》され、今の無気力無関心バージョンにクラスチェンジしたのだという。

まあ、責めはすまいと誰もが思う。

「クラス代表、誰か立候補いませんかー！」

先生は頼りにならないと見て取り、司会はまたクラスに呼びかけた。

誰か立候補しろよ。そんな声がどこからか聞こえる。しかし自分が立候補するつもりはないようだ。

理由がある。

クラス代表は重労働なのだ。

会議の司会からはじまり、朝会・集会時の整列指示、生徒会との連携《れんけい》、そして週一であるという定例クラス代表会への参加。定例でない会議ならしょっちゅうある。クラ代が昼休みに校内放送で集合をかけられているのを、すでに何度も耳にしている。

テニス部の先輩曰《いわ》く、その作業量はほとんど部活に匹敵《ひってき》している、とのこと。

実際、全校の中にも運動部所属のクラ代はいない。

両立しないからだ。

よって運動部に入りたい者と、遊びたい者と、まったりした時間を奪われたくない者はやりたがらない。つまり、誰もやりたがらない。

それにこのクラスには、立候補とか挙手とかの積極性に対して、あざけるような風潮《ふうちょう》があった。授業中の教師の質問にも、ほとんど誰も手を挙げない。唯一《ゆいいつ》挙手をするのは小早川千尋《こばやかわちひろ》ただひとりであり、質疑応答のシェアをほぼ独占している状態だ。

しかし、そろそろ決めねばならない。

携帯メールがバイブレーションした。

机の下でこっそり閲覧《えつらん》してみる。送信者は中目黒《なかめぐろ》だった。

件名　回覧板
内容　某《ぼう》「積極的な人」を推薦するそうなので、ご協力よろしく！

はじまったか。直幸《なおゆき》は心の中で嘆《なげ》いた。

たぶん起点は、小沼《こぬま》か椎原《しいはら》。蛇《へび》グループの誰かだ。

小早川の態度から、いずれこれに近いことは起こるだろうという予感はあった。宇賀神《うがじん》を停学に追い込んだチクリ実績から、今までは攻めあぐねていたのだろう。

その均衡《きんこう》もついに崩《くず》れた。

回覧がどの程度の規模かは知らないが、ひとりふたりということはあるまい。

出る杭《くい》は打たれる。妥当《だとう》な結末だ。

納得できるか？　直幸は己《おのれ》に問う。

……したくない。そういう気持ちはある。千尋のことを彼なりに気に入っていたから、だけではない。こういう腹芸《はらげい》や対話力を駆使《くし》して、個人を踏みにじることが美学に反する。

自分が同じ力で保身をはかっていることは、自覚していた。

だからこそ、せいぜいそこまでにしておけよ、と思うのだ。人間関係の維持くらいにしとけよと。いじめなんて少しも楽しくない。そんなありきたりの暗部は、息苦しいだけでカタルシスがない。

椎原にしろ小沼にしろ、話すと姉御《あねご》気質《かたぎ》で悪い人間じゃない。小早川千尋は悪。そういう認識が共有されてしまったことがやはり大きい。

助けられない。そうとわかれば、直幸は未練など一瞬で振り捨てることができた。

件名　了解

返信は電子の海に音もなく飲み込まれた。

推薦者はおそらく中目黒《なかめぐろ》だろうか。小沼《こぬま》あたりが自分で推薦するだろうか。いずれにしても、直幸《なおゆき》がやるのは皆と一緒に賛成の意を表することだけだ。

すっ、と一本の腕が垂直に伸び上がった。

背筋《せすじ》のぴんとした、良い挙手だった。

元熱血教師の目に生気《せいき》がよぎる。

手は、赤々とゆらめく棒状のものを握っていた。またた。そう思った。直視しようとした途端にかき消えたそれは、直幸だけに見える炎の剣。

「え……と。小早川《こばやかわ》、さん。何？」

千尋《ちひろ》は言葉を発さない。

無言で教壇にあがり、司会を押しのけて教卓に立つ。教室をじっくりと見渡した。

誰もが息を呑《の》む。「人の字」に結ばれた唇《くちびる》が開く瞬間を、ただ無力に待つ。

「私がクラス代表を引き受けます」

いきなりだった。

シンとした。すぐにどよめきが教室を埋め尽くし、廊下にまで漏《も》れた。

直幸は小沼たちの座っているあたりをちらりと見た。蛇《へび》たちは、唖然《あぜん》として言葉もない様子だった。

「ほかに立候補する人もいないようなので、私がクラス代表ということで決定しました。よろしいでしょうか先生？」

「え？　あ？　うん、そうね……いいけど……」。突然認可を求められた担任は狼狽《うろた》え、小刻みにうなずくが、ハッと教師としての責務《せきむ》に立ち戻り「でもいいのか小早川。クラス代表ってけっこう大変なんだぞ？　部活との兼ね合いはよく考えたか？」

「私は部活はしません。クラス代表に専念するつもりです」

「そうか。ならよし」。担任は心なしかいつもより力強く首肯《しゅこう》した。「あ、いや待て、クラス代表は正副ふたりいるんだ。もうひとり、選ばないと」

「仕事は私ひとりでやろうと思いますが」

「そうはいかんだろう。小早川が休んだ時とかどうするんだ」

千尋は沈黙した。

「もうひとり、選ばないとならんが……」

えー、いいんじゃないの？　どうせ決まらねーって。もういいって。

気《け》だるい嘆《なげ》きが連鎖する。

「平気です。クラスの皆に、その時々でサポートしてもらいますから」

元熱血教師は腕組み考えた。もうひとり選ぶ。まるでそれは遠大《えんだい》な夢物語のように思えたことだろう。昔だったらと思わなくもないが、今は悲しいかな今だ。

結局、クラ代はひとりシフトでまかり通ってしまった。

タイトル　全員
今日《きょう》、とんでもないことが起きた。

私はハメられそうになっていた。

紙一重《かみひとえ》で回避《かいひ》することができたが、ここまでクズクラスだとは思わなかった。

悪い予想は、いくらしてもし足りない。なんという悪徳学級。

たったひとりの人間を、数の暴力で罠《わな》にかける。そのことに誰も疑問を持たず、声も発さない。多数派に媚《こ》びへつらう、空気の奴隷《どれい》。

全員有罪であること、揺るぎなし。

いいだろう。厄介事《やっかいごと》を引き受けてやろう。こうなったら、私がこの無軌道《むきどう》な学級に秩序を取り戻させてやるのも一興《いっきょう》か。ずっと関わるか関わるまいか迷っていたが、何もしないよりは退屈しないですみそうだ。

粛正《しゅくせい》してやる。

千尋《ちひろ》が悪意ある罠に気づいていたことに、直幸《なおゆき》はまず驚いた。

今まで彼女が状況を読み取ったうえで、あえてレールを外れているとすれば、印象がずいぶんと違ってくる。

天然さんなら、結果的に千尋のようなことをしてしまうことはある。だがわかってやるとなると、それなりの胆力《たんりょく》が必要だ。

それはどういう心境なのだろう?

直幸は少し、千尋のことが怖くなった。


小早川《こばやかわ》千尋のターン。

に入る前に、もう一度おさらいをしよう。こうだ。

クラス代表は絶大な権力を与えられている。生徒会とも懇意《こんい》で、兄貴と弟分だ。

しかも本来はふたりいるところを、ひとりに権限《けんげん》を集中させてしまっている。

独裁者《どくさいしゃ》に独裁スイッチを渡すようなものだ。

「おい、大変だぞ。聞いたか?」

朝練が終わり、始業までのわずかな自由時間を教室でくつろいでいたら、篠山《しのやま》が息せき切って駆《か》け込んできた。

「なんだよ、転校生でも来るのか」と直幸《なおゆき》。

「さっき職員室で聞いたんだけど、服装検査復活だってよ！」

「は？」

今野《いまの》高校の生活指導が崩壊《ほうかい》していることはすでに触れた。

ただそれは教師主導の生活指導であり、本来服装規定は生徒会によって運営されるべき性質のものだということを、知る者は実は少ない。今日《こんにち》の生活指導のほうが、むしろイレギュラーだったのだ。

「あんだよ、いつやんだって検査？」

ライオンのたてがみみたいなヘアスタイルをした小沼《こぬま》が、我が身を省《かえり》みて不安そうに言った。

小沼は今のところ、一番制服本来の着こなしを無視している最先端だ。髪型はもちろん、ヘアカラー、エクステ、パッチリメイク、改造ブレザーとごまかし不能なものばかりだ。スカートにいたっては短くはくために巻くことさえせず、似たような市販のミニプリーツを購入してそれを着用してる。質感が違う、質感が。

「いつかはわからん。生徒会とクラ代会議がずっと水面下で準備してたらしい。ただなんでか知らんけど、うちのクラスだけやるとかいう話だってよ」

篠山《しのやま》の説明に、わらわらと生徒たちが集まってくる。

「どんくらいの厳しさでやるんだろー？」と中目黒《なかめぐろ》。

「生徒手帳準拠《じゅんきょ》じゃないか？」と直幸。

「……待て。スッゲー厳しいぞ」

小沼が規定を一読してがるると唸《うな》る。

直幸も読んでみたが、一言で説明すれば一切の改造は駄目となる。だから、小沼だけではなく中目黒や椎原《しいはら》も余裕でアウト。

「やべえ、カーディガンどピンクだわ」

「やべえ、ズボンにワッペン貼《は》りまくりだわ」

「腰パンってやめたほうがいいかな？　裾《すそ》カットしちまってるからみっともねーんだけど？」

「俺《おれ》なんか家近いから寝間着《ねまき》のスエットで来ちまったぞ？」

「おめーは通学をなめすぎだ」

ぐだぐだ話しているうちに、ドアが開いて千尋《ちひろ》が入ってきた。

手にクリップボードを抱えている。

本日、だったのだ。

「あ、おい、小早川《こばやかわ》！　服装検査ってマジかよ」

小沼が食ってかかる。

「マジだけど」

「親が騒いでナシになったんだろ！　生徒の権利を守るとかでよ？」

「これは生徒会の服装チェックだから、それとは指揮《しき》系統が違うの」

「いきなりだね、なんか。事前に警告くらいあっても良かったんじゃないの？」

直接接触は避けていた直幸《なおゆき》だが、さすがに口出しせざるを得なかった。

「いきなりじゃない。計画自体はずっと前から進行していたの。ちなみにね。このクラスだけやる理由は、テストケースだから。いずれすべてのクラスで実施すると思うので、そういうクレームは受け付けませんってあらかじめ言っておくわね」

「待てい！　なぜうちらが選ばれたんだぁ！」

小沼《こぬま》が歌舞伎《かぶき》みたいなポーズで詰め寄った。

「鏡を見なさい」

びしゃりと告げて、千尋《ちひろ》は指を鳴らした。するとその背後《はいご》から、生徒会の腕章《わんしょう》をつけた男女が特殊部隊みたいに迅速《じんそく》に突入してきた。没収《ぼっしゅう》と横書きされた段ボール箱、服装違反指導中のワッペンを背中に縫《ぬ》いつけた指導用制服などが教室に運び込まれる。個人用の着替えテントまである。

違反者はここで着替えろということらしい。

生徒会は本気だ。一Ｂの面々は震え上がった。

「では服装検査を開始します。作戦開始！」

仮借《かしゃく》なき制服おしゃれ弾圧《だんあつ》の嵐《あらし》が、一Ｂの教室に吹き荒れた。

小早川《こばやかわ》のターンはまだ終わらない。

「おい大変だぞ、聞いたか？」

「今度は何だ！」

直幸の問いかけに、篠山《しのやま》は重々しく答えた。

「……頭髪検査だ。警告して三日以内に改善の見られない者は、処分もあるってよ」

「グギャ――――ッ！」

美容院に行ったばかりのキラキラ女子たちが、濁《にご》った悲鳴をあげた。


ずっと小早川のターン。

「おい大変だ！」

「またか、どうした！」

「……電源の私的使用全面禁止だってよ」

教室の後部ロッカーに突っ込まれていたドライヤーやら携帯充電器やら小型冷蔵庫やらノートＰＣやらがガラクタと化した。

「裏クラスー会議ー！」

毒々しい色のロリポップをマイクに見立て、椎原《しいはら》が宣言する。

放課後、カーテンを閉め切って無意味に薄暗くした教室で、クラス有志の面々が顔を突き合わせていた。

「議題はもう言わずともみんなわかってると思うが、小早川《こばやかわ》問題だ」

篠山《しのやま》が司会を引き継いで、いかにも苦しげに語る。

「なめてるよね。一方的だよね。みんなムカついてるよね。そこんところ、今日《きょう》はよろしく話し合いたいと思います」と椎原。

ゴージャス系の制服着こなしを決めていた椎原も、今では通常制服の着用を強《し》いられて、かつての輝《かがや》きを失って久しい。頭髪も黒一色のお下げ、アイプチさえも禁じられてフルのすっぴんフェイスを晒《さら》している。無改造のご尊顔《そんがん》は、存外素朴《そぼく》な感じで、むしろ本人としてはそこが恥ずかしいのだろうなと直幸《なおゆき》には察せられた。この裏会議に一番乗り気だった。

「でもどうするの篠山？　相手は独裁《どくさい》政権だよ。無理じゃないかなあ。うん、無理だ」

中目黒《なかめぐろ》がはやくも気持ちで負けにいっていた。この女には、本人なりの生存術なのか、さっさと負けることに対して積極的な面があるのだ。

「まあ、俺《おれ》らも押しつけたってところで弱みはあるわな」

「そこで、あたしは考えた」

「おまえ、そういう芸当もできたんだな……見直したわ」

篠山の突っ込みがはらむ無礼さにも気づかず、小沼《こぬま》は言葉を続けた。

「誰かにさあ、副クラ代になってもらえねぇかなって」

「また押しつけかよ」

「それじゃ同じ結果なんじゃないの？」

「考えてねーじゃん」

参加者たちの声が、いっせいに小沼を責める。

「だーかーらー、小早川を制御できるユーノーなヤツに頼むってことだよっ！」

涙目で抗弁《こうべん》してきた。

「小沼が思う有能な人間って誰？」

中目黒が訊《き》く。

へへへ、と小沼は笑った。

「そりゃーやっぱり飯嶋《いいじま》しかいねーんじゃねい？」

「げ、俺？」

傍観《ぼうかん》していたつもりが当事者にされ、直幸は顔を引きつらせた。つきあいで参加していただけなのだ。小沼《こぬま》ってウザいな、と思った。

「おお、飯嶋《いいじま》は有能だわ、任せられるわ、テニスの玉子様だし」

篠山《しのやま》が敵だか味方だかわからないことを言いだした。

玉子様というのはテニス部だけに通じるソフトな褒《ほ》め言葉で、王子様ほどじゃないけどそこそこテニスがうまくて男前な男子に捧《ささ》げられる称号《しょうごう》である。

「飯嶋くんなら確かに」「成績いいしな」「影の参謀《さんぼう》って感じだし」「まだ一度も小早川《こばやかわ》から攻撃受けてないのもポイントだな」

大衆はいつだって他人任せである。

「いやいや。悪いけど、テニスの公式戦近いし、普通に無理だと思うわ」

「仕事はしないでいいんだって。小早川を牽制《けんせい》して、うまく持っていけばいいんだからさ。ナオちゃんならラクショーっしょ」

「……ナオちゃんって呼ぶなよ。昔の母親の呼び方なんだよ。なんかゾワつく」

「じゃなんて呼んだらいいわけ?」

「飯嶋さん、かな」

「なんで敬語だよ……」

「まあ冗談はさておき、飯嶋は適任かもね」と中目黒《なかめぐろ》。

「俺《おれ》が小早川さんを牽制すんの? で、いいなりにすんの? 催眠術師《さいみんじゅつし》じゃあるまいし、そんなドラマみたいなことできるかあ?」

「押し倒しちゃえよ玉子様、そんで体で操《あやつ》れ」

「レイプしろって言ってるのと同じだからなそれ?」

「やってくれたらロリポやるからさ」

椎原《しいはら》が棒付きキャンディを差し出す。

「いらんし」

「頼む!　ナオナオしか頼めないんだよ!」

「ナオナオやめろ」

「やってくれたら宇賀神《うがじん》説得してデートさせてやるよ」と椎原。

「いやだよ!」

「待て、わかった。OKいいだろう、おまえの言い分しかと理解した」

椎原は直幸にわざわざ背を向け、振り返りざまに指さす。

「……風呂《ふろ》に入りたての宇賀神、ならどう?」

「百歩譲って顔は我慢してもいい。でもそもそも俺はあの脳みそと恋愛したくない!」

「じゃあ風呂に入りたての宇賀神+15でもか?」

「何のボーナスだよ」

「体臭《たいしゅう》」

「だめなほうにプラスすんなよ！」

「引き受けないと宇賀神《うがじん》とデートさせるよ」

椎原《しいはら》は頭がおかしくなってるんじゃないかと本気で思った。

その圧倒的強引さに、巧妙に隠された出来レース感を鋭敏《えいびん》なる直幸《なおゆき》は読み取る。

「……もしかして、おまえらの頭の中では、どうあってもスパイは俺《おれ》に決まってるのか？」

イエス。その場にいる全員が、完璧《かんぺき》なシンクロでうなずいた。


「や、やあ小早川《こばやかわ》さん……俺、責任感に目覚めたんだ、さっきね……それでクラス副代表をむしょうにやりたくなったから、立候補しようと思うんだ……やる気だけは人十倍あります」

心の病を患《わずら》っている人間の顔色で、直幸は教室で書き物をしていた千尋《ちひろ》に話しかけた。

直幸を一瞥《いちべつ》した千尋は、

「いらない」

「……まあ、そう言うかなとは思った」

「わかってるなら話は早いでしょ。副はいらない。私ひとりで十分」

「クラ代ってそんな生やさしい仕事じゃないって聞くけどな」

「飯嶋《いいじま》くんって、テニス部よね？　部活と両立できない仕事だって話は、聞いてない？」

まあ、そこを突いてくるかなとは思っていた。

「できる範囲で手伝えることがあるかなって思って」

「中途半端なこと言わないで。それはやる気がないって言うの」

「バッサリだなあ、小早川さん」

「そう、バッサリ。だから帰ってくれる？」

「なんでそんな、人を遠ざけるみたいな態度なの？」

「なんでそんな、しつこいの？」

一瞬だけ、険悪《けんあく》な空気を共有する。直幸は心に仏《ほとけ》を思い描《えが》いた。

「しつこいのはごめん。でも話したい。なんか君ってわざと嫌われるように振る舞ってるみたいだよ」

「みたいじゃなくて、そのとおりよ」

「それって……意味あんの？　友達できないでしょ？」

「このクラスで友達なんてできなくて結構よ」

「どうして」

まったく異なる価値観に衝撃《しょうげき》を受けながら、食い下がる。

「君みたいな人には、説明してもわからないと思うけどね」

「俺みたいな人間って？」

千尋《ちひろ》は答えない。

ブログの過去ログが直幸《なおゆき》の脳裏《のうり》をよぎる。彼女が自分のような人間をどう思っているのだろうか。ヒントがあったように思えた。

「……あのさ、ズバリ聞いていい？　小早川《こばやかわ》さん、俺《おれ》のこと嫌いなんじゃない？」

千尋はへえ、と感心したように直幸を見た。一瞥《いちべつ》、ではなく直視。

「嫌いというか、信じていないというのが正確」

「それは、どうして？」

「私、飯島《いいじま》くんみたいに人間関係に器用な人って、もともと信じてないの」

「そりゃまた、なぜ」

「打算が透《す》けて見えるから」

かなり鋭《するど》いナイフが、胸のあたりに刺さっていた。

「……言ってることがよくわからないな」

嘘《うそ》だった。でもおくびにも出さない。徹底的にとぼける。そういうものだ。決定的な言葉は決して口にしない。打算というか、ほとんど本能に近い。

「そんなセリフが出るようじゃ、私たちの間に対話なんて絶対成立しない」

直幸は言葉を失う。

「私はそういう腹芸《はらげい》につきあう気はないの。いろいろ言い方はあると思うけど……そういう政治が嫌いなの。だから政治色豊かなクラスなら、友達なんていらないって話」

無意識に、彼女のことを下位《かい》の存在と見なしていたんじゃないか、と自問する。

そういう傾向は、もともとありすぎるくらいに直幸にはある。ブログまで読んでいるのだから、優位に立っているという慢心《まんしん》があるのだ。

互角《ごかく》の相手だ。

直幸はそのことを心に刻んだ。

嘘をつくならつくで、本気の嘘でなければならない。

演技は本気の演技でなければ通じない。

そういうことなのだろう

「……告白すると」。直幸はあえて言葉を選ばないことにした。「実はクラスの意向を受けて、ここに派遣されてきてる。いわゆるスパイだな」

千尋は黙って手を動かしている。

「小早川さんの暴走を、止めろって言われてる。でも俺、本当は君にはあまり近づきたくなかったんだ」

「空気が読めないから？」

「そう思ってた時期もあるけど、今はそうでもないのかなって思う。あえて読めるのに無視してるんだ。でも、だったらそれが今度は関わりたくない理由になる。俺は空気読めない人と読まない人は嫌いだ。いや、」本気の演技を。「嫌いだった」

「……」

千尋《ちひろ》は書き物の手を止めて、直幸《なおゆき》の顔を見上げた。彼女をよく知る者がいれば、その態度がかなり強い関心のあらわれであることを指摘できたろう。

「なのに、引き受けた理由は何かって話だけど……」

上手《じょうず》な嘘《うそ》のつき方。そんな本をどこかで読んだことがある。

嘘をうまくつくためには、九割、真実を語らねばならない。

残り一割だけが、嘘をついて良い範囲だ。

嘘というのは、それくらい見破られるおそれのあるもの。

ブログのことを言ってしまおうか、寸前のところで直幸は葛藤《かっとう》する。守るべき一割の真実、捧《ささ》げるべき九割の偽《いつわ》り。そして直幸は——

「このクラス、ひどくてね」

誰も聞いている者はいないが、声を落とす。

「俺《おれ》は、みんなのことあまり賢《かしこ》いって思えてない。ひどい言い方なんだけど、その、愚《おろ》かっていうかさ……」

言葉に詰まった直幸は、ここらで反応はないものかと千尋を見やる。

「うん、わかる」

通った——

針金で錠前《じようまえ》を開けた時のような、達成感が胸に生じた。

「私もまったく同感。このクラスって、実にひどいものよね」

「そ、そうなんだよね……わかってくれて、嬉《うれ》しいよ」

「でもスパイなんだ」

「それは……俺も迷った。というか今も迷ってる。俺だって下手《へた》こいて孤立《こりつ》なんてしたくないからね」

本音《ほんね》だった。九割の範囲の本音。だが少しの嘘も混じっている。

千尋に取り入りたい、なんてニュアンスは、直幸の本音には一ミクロン分もない。

「小早川さんが本物かどうか、俺にはまだ確信がもてないわけだし」

「要するに、愚かな大衆につくか、真実を知るかもしれないひとりにつくか、迷っているわけ？」

「ああ、うん、そういうことになるかな」

「エクセレント！」

弾《はず》むような声ははじめて耳にする。

「飯島くんって笑ってても心は笑ってない気がしてたけど、なかなかどうして愚民《ぐみん》にしては見どころがあるじゃない」

うわあ、と口に出しそうになってしまった直幸《なおゆき》だ。愚民《ぐみん》という言葉を口に出して使う女子高生をはじめて見てしまった。

いいわ、と千尋《ちひろ》は手を叩《たた》く。

「私が飯嶋《いいじま》くんに、この世の真実というものを見学させてあげる。いいこと、飯嶋くん――」

その後も、何か言い続けていたはずである。

放課後の教室で、夕日に甘辛《あまから》く焼き焦《こ》がされながら、少年はついに一線を越えてしまった不安を持て余すばかりで、そしてどこまでも脳はつるつるだった。

タイトル　なし

今日《きょう》、変わったことが起きた。

ひとりの迷える子羊が、懺悔《ざんげ》しに来た。

悔い改めて、正しい道に生きると言う。

簡単には信じられない。

私は人間がどれだけ自己中心的で、排他《はいた》的で差別的で頑迷《がんめい》で悪意ある存在か、よく知っているからだ。

子羊は、私の目には打算的な人間にしか見えなかった。打算的な人間が誰かに近づくとき、どんなことが考えられるだろうか？

そう。透明な略奪《りゃくだつ》が行《おこな》われるのだ。

相手を利用したり、罠《わな》にはめたり、都合良く操《あやつ》ったりしようとする。

狼《おおかみ》は獲物《えもの》をあざむく時、子羊の皮をかぶるものだ。

彼はどうだろうか？

万が一はあるだろうか？


「いいこと、飯嶋くん」

わずか数日ですっかり耳に染みついた彼女の口癖に、直幸はこれまたわずか数日で体に染みついた謹聴《きんちょう》の姿勢をとる。起立でも正座でも背筋《せすじ》を伸ばすのでも良いが、集中して聞いているという誠意を見せねばならない。こうしないと千尋は態度が悪いとなじってくる。

「このクラスは平和そうに見えると思っているかもしれないけど、実はかなり危《あや》ういの」

似たようなことを父親が言っていたな、と直幸はぼんやり思い出す。

「そうなんだ」

「そう。だから支配……じゃなくて、統制が必要」

国体選手の走り幅跳びみたいな、すごい飛躍だった。

「その統制が、服装検査とかなの?」

「それはそうよ。学校なんだから」

「ああいうことについては、横暴《おうぼう》という意見もあるようだけど」

「そのくらいでないと改革にはならないでしょ。民衆は黙って指導者に付き従えばいいのよ」

独裁者《どくさいしゃ》みたいなことを言い出した。

「でもうちのクラスだけ試験的に締め付けるっても、そろそろ限界じゃない?」

「それは安心して。そろそろ新生活指導要綱《ようこう》が、全校一斉に適用される頃《ころ》だから」

そう。千尋《ちひろ》はひとりではない。生徒会クラ代会議と連携《れんけい》している。ゆくゆくは彼らと対話しておく必要もあるのだ。千尋の暴走を抑止《よくし》するといっても、やることは多い。直幸《なおゆき》は部活との両立を考えて、気を重くする。

「それっていつだろ?」

「新生活指導要綱には、今まで個別に実施してきた服装やら所持品やらがすべてまとめられるんだけど、一点だけまだ意見がまとまらない項目があるの」

「その一点、当ててみようか。ズバリ、体罰の容認《ようにん》」

「違います。……さすがに体罰は問題になるじゃない」

すでに別の意味で問題になっている、という皮肉は言わない。

本音《ほんね》の九割近くを開示《かいじ》してまで獲得した、心情的味方の立場だ。凡ミスで崩《くず》すわけにはいかなかった。

「携帯電話よ」

あ、と思わず叫びそうになってしまった。そこを突いてくるのか、と。

もちろん今野《いまの》高校でも携帯電話は立派に持ち込み禁止である。誰も守っていないだけだ。教師も黙認している。学校が没収《ぼっしゅう》などすれば親からのクレームが来る。

「生徒主導だと来ないのかな？　そこ疑問だったんだ」

「すでに来てるけど、生徒会側の親が逆にクレーム返しして現在抗争《こうそう》中よ」

「は？」

驚愕《きょうがく》。

「生徒の権利が肥大《ひだい》化している時代だから、生徒主導は従来の教師主導体制より強度がある、ということよね。ついでに生徒会役員のご家族に有力者が何人かいて、その人たちが全面的に協力してくれているの、ＯＢ会とも連携してるのよ」

「なるほどね……」

今の教師にはできないことでも、同じ生徒の立場からならできるということだ。しかも時の権力者やＯＢ、味方モンスターペアレントまでいるのだから、強気に出るはずである。

「ところで飯嶋《いいじま》くんのおうちは、お金持ち？」

「いやいやいや」何を聞いてくるのだこいつはと焦《あせ》りながら、話を元に戻す。「携帯電話は難しいなあ。みんなの心のよりどころだ。もっと段階的に導入するとかさあ、なんとかなんないのかな?」

携帯のある学校生活に皆すっかり慣れている。中学では携帯を持ってなくて、高校入学のお祝いに持たされた者も多い。暴動のおそれさえあるんじゃなかろうか、と直幸《なおゆき》は懸念《けねん》する。荒れた学校で、ワル男たちがガラスを割るみたいな前時代《ぜんじだい》的光景を連想した。

「私は荒れきった現況の元凶《げんきょう》を果断《かだん》に取り締まるべきだと思うけど、似た意見は会議でも出てた。それで、携帯電話については早朝預かりで、放課後に返却するというかたちで話し合われてる。各クラスに携帯袋を用意して、週番がこれを集めて教師に保管してもらう。昼休みに限って本人が申告《しんこく》した場合のみ、個別に返却・使用を認めるものとする」

「使えないのは授業中と休み時間か……」

そう聞くと、秩序と自由の折衷《せっちゅう》案としては妥当《だとう》に思える。

「授業中のメール回しはいじめの温床《おんしょう》よ。断つわ。飯嶋《いいじま》くんはこの件については、傍観《ぼうかん》してくれていいわ。お仲間が文句を言ってきたら、私の名前を出していいから」

かっこいい、かもしれない。ただしドラマ主人公に限るが。

ほどなくして、一緒に扱うには複雑すぎると判断されたのか、新生活指導とは別枠《べつわく》というかたちで、携帯電話早朝預かり制度がスタートした。

反発は想像以上のものだった。

「あーうー！　あたしのあーうーがぁぁぁぁ！」

小沼《こぬま》が泣くとは、さしもの直幸にも想像できなかった。

「あーうー買ってもらったばかりなのに、やだ――――っ！」

朝の教室で、携帯との別れを惜しんで泣きじゃくる小沼。その姿が子どもがわめいているようで、近くにいる者は罪悪感を覚えた。

まったく罪はないのに回収の仕事を命じられた週番が、大きな巾着袋《きんちゃくぶくろ》を両手で開きながら、可哀想《かわいそう》なほど縮こまっている。

「飯嶋、これなんとかなんなかったのかよ？」

篠山《しのやま》が代表して情けない声をあげる。

「……悪い。話はしたつもりなんだが、その時にはもう上で話が決まっててさ」

「対話不足なんじゃね？」

椎原《しいはら》が不承不承《ふしょうぶしょう》、携帯をポーチごと放り込む。

「何度も談判《だんぱん》したぞ。聞く耳持たないんだ。わかるだろ」

本当だった。三度ほど膝《ひざ》を詰めて交渉したことがある。すべて徒労《とろう》に終わった。そもそも生徒会で決議直前だった案件を覆《くつがえ》そうというのに無理がある。

「こんなのひでーよナオナオ……預けてる間にメール来たらどうすんだよぉ」

「昼休みに申告すれば返してもらえるから」

「めんどっちぃよぉ……」

「すまんみんな。次はもっとうまくやってみせるから」

直幸《なおゆき》はなんとか皆を説得、納得してもらった。最後のほうでは、自分は直接的に関係がないにもかかわらず、自然と平身低頭《へいしんていとう》してしまった。クレームはほぼクラスの全員から出た。というより、級友全員から一言ずついやみを言われた。

貧乏くじをひかされてしまった、としみじみ思う。

いったいどこでボタンを掛け違ったのか、本気でわからない。

やがて、生活指導の新体制も開始されると、同様の騒動は学校中で連鎖的に起こった。サンプルケースで段階的に慣らされた一Bは、ましなほうだったのだ。


「いいこと、飯嶋《いいじま》くん」

千尋《ちひろ》のこの言葉を耳にすると、直幸はびくりと震えるようになっていた。

よからぬことが起こる前触《まえぶ》れにしか聞こえないのだ。

この放課後の教室で、人気《ひとけ》がなくなってから行われるクラス代表同士の話し合いは、いつも不吉な議題ばかりが提出される。

「群衆は愚《おろ》かなもの。強力なリーダーがいないと、まとまるものもまとまらない。それは今日《きょう》のホームルームでもよく理解できたでしょ？」

「まあ……あれはひどかった」

本日、席替えの話し合いが持たれた。

席替えは魅惑《みわく》のイベントだ。そろそろ学校にも慣れ、友人関係も固まってきた今だからこそ、この教室内引っ越しには強い需要《じゅよう》がある。それだけに、簡単にはまとまらない。

予想すべきことだった。

互いにたいして親しくない入学直後に話し合っていれば、こんな騒動とはならなかったはずだ。

騒動。

本日行われた席替えの話し合いのことを言う。本当だ。辞書にも書いてある。

司会は直幸が担当した。千尋では当たりが強すぎる。そういう分業が自然と成立した。

人望《じんぼう》ある直幸が司会をして、うまくいったのかといえばそうでもない。

親しい相手が司会だと、かえって気が緩《ゆる》んでしまった。

誰それと隣りあって座りたい、あいつの隣はイヤだ、窓際がいい、後ろがいい……身勝手な意見が続出。

「てめぇばっかワガママ言ってんなよ！」「おめーだよ！」

怒声《どせい》あり、

「こんなとこに座るのイヤだぁ！」「ユッコと離れたくないよぉ！」

涙あり、

「ヒヒ、ヒヒヒ……クケケケケケッ！」

笑い(乱心)ありの、見応《ごた》えのある高校生日記となってしまった。

あまりのことに直幸《なおゆき》は途中から言葉を失ってしまうほどだった。

「席替えごときの話し合いに、これ以上ホームルームの時間を浪費《ろうひ》するわけにはいかないわ。ほかに決めなければならないことが山積みなのに」

「クラス委員とか全然決まってないよな、うちのクラスって……」

美化委員、図書委員、体育祭実行委員……ほかのクラスではとうに決まって委員会もはじまっているというのに、一Bだけは不在のままだ。本来は今日《きょう》、話し合う予定だったのに、いい加減に席替えをさせろというクラスの圧力が勝った。

そして話し合いとは名ばかりの、ワガママ見本市《みほんいち》。何度繰り返したところで、すっきりと席順が決まるとは思えない。それはわかる。わかるのだが、

「こうなったら私たちで決めてしまうしかないでしょ」

そう言って、千尋《ちひろ》はまだ名前が書き込まれていない座席表をばんと机に叩《たた》きつけた。

空白の座席表。

クラ代で勝手に決めてしまおうというのだ。

「……絶対炎上する」

きたる擾乱《じょうらん》を予期して、直幸《なおゆき》はつい本音《ほんね》を漏《も》らした。

「嵐《あらし》が来る」

「ランダムに配置してもいいのだけれど、どうせなら私たちの才覚《さいかく》で、もっとも効果的な配置を目指しましょう。究極の秩序シフトを探求するの。いいこと？」

座席表の上に、千尋はぱらぱらと紙片をまいた。それぞれにクラスメイトの名字が書かれている。

「さっすが小早川《こばやかわ》さん。愚《おろ》かな大衆は将棋のコマも同然だね」

皮肉だ。

「そうよ、わかってきたじゃない」

通じなかった。

「私の得た情報によると、木村《きむら》と中込《なかごめ》は仲が悪い。だからたとえば対角線に配置して、緩衝《かんしょう》地帯にはふたりとも苦手としている小沼《こぬま》をセットする。小沼はうちでもっとも派手《はで》なグループの中心人物だから、仲の良いほか三人をばらばらに散らすことでその力を削《そ》ぐことができるわ。この盤面では、私と飯嶋《いいじま》くんは特別なユニットよ。私は周囲八マスに威圧《いあつ》効果があり、飯嶋くんは周囲八マスのユニットの不満を抑える効果がある。有効に使わない手はないわね。次に考慮しなければならないのは――」

絶対炎上する。

妙に楽しげな千尋《ちひろ》を前に、直幸《なおゆき》はただただ無力感にうちひしがれた。


炎上した。

今までにない激しい炎上だった。

司会ごとき取るに足らない存在だった。直幸の自我は開始三分で粉砕《ふんさい》された。怒号《どごう》渦巻く教室に座っている者はひとりとてなく、千尋の姿さえ見失った。気がつけば、喜《き》怒哀楽《どあいらく》のすべてが炎の中で燃えていた。人類はこの火を制御することはできないのだろうか。ホームルームとはプロメテウスの火だったのだろうか。直幸の思考は神話的奥行きの迷宮に迷い込んでいくばかりだ。ちょっと心が弱いのかもしれない、意外に。

悠久《ゆうきゅう》の一分が流れ去った。

直幸の魂《たましい》は重力の渦に引かれて地表に舞い戻ってきた。

席替えは……終わっていた。

生徒らは整然と新しい席につき、じっと直幸を注目している。仕事を果たす時が来た、と悟った。

「では、席替えの話し合いはこれで終わりたいと思います」

わっ、と生徒らは快哉《かいさい》を叫ぶ。プリントが宙を舞い、誰かが口笛を吹いた。

自分の役目は終わったと、新しく用意された自席に戻る途中、何かを踏んづけた。

倒れていた千尋の背中だ。

「こ、小早川《こばやかわ》さん、どうしたんだ!?」

「……飯嶋《いいじま》くんって……同調圧力の前では本当に無力ね。うらなり……野郎……」

介抱《かいほう》すると、ぼろぼろの千尋はジト目で直幸をにらんだ。漫画だったらバッテン形の絆創膏《ばんそうこう》が頭に貼《は》られているようなダメージ具合だ。

聞けば、直幸が惚《ほう》けている間に、クラ代の横暴《おうぼう》に対しついに生徒らが反旗《はんき》を翻《ひるがえ》したのだそうだ。用意した座席表を引き裂いて、自分勝手に好きな場所に座り始めた。場所の争奪戦になり、千尋は平定《へいてい》を試みたが多勢《たぜい》に無勢《ぶぜい》、敗れた。

「え、じゃあこれ、みんな勝手に場所決めちゃったのか?」

「そういうことになるわね……」

「よくまとまったもんだな」

「とにかく最悪だけは避けたいという集団心理が働いたのね。全員、そこそこ満足できる席で納得したみたい」

「最悪?」

「教卓のド前よ」

「ああ……」

直幸《なおゆき》は遠い目をした。あそこは落ち着かなくていやだよなあ、と小学校時代の悲しい記憶に思いを馳《は》せたりもした。

「あれ、なら俺《おれ》の席は?」

「だから、最悪のポジション以外が埋まったと言ったじゃない」

パッと顔を向ける。教卓前の席二つには、誰も座っていなかった。ご丁寧《ていねい》に机の上には直幸のバッグも置いてある。視線を巡らせて、テニス部仲間を探す。見つけた。廊下側の最後尾に三人で固まっていた。

「悪い飯嶋《いいじま》。三人分の場所取りだけで精いっぱいだったんだわ」と篠山《しのやま》が面前空手《めんぜんからて》チョップで謝意を示していた。

「……」

喘《あえ》いだ。クールに「別にいいさ」なんて言えなかった。席順だけの問題じゃない。固めた地《ち》歩《ほ》が、瓦解《がかい》していく音を直幸は確かに耳にしていた。

ふざけるなふざけるなふざけるな——

現実感を喪失《そうしつ》したまま、最前列の席に座る。クラスメイトたちの視線が背中に熱い。視線発電でエネルギー問題が解決できやしないだろうかと考える。脳が駄目になっている。今まで常に勝ち組に身を置いてきた直幸にとって、この仕打ちは想像以上に堪《こた》えた。

小早川千尋《こばやかわちひろ》なんかに関わったばっかりに。

クラスで楽しくやれないなら、いっそ受験に備えてすべてを勉強に捧《ささ》げるかなとまで考えた。

それもひとつの手だろう。だがクラス替えまでの期間を思うと、気が滅入《めい》った。

ふと隣を見る。千尋が座るところだった。

「……」

目線に気づいて、千尋は顔を向けてくる。

「いいこと、飯嶋くん。こんなことで怖《お》じ気《け》づいちゃ駄目よ。大衆との戦いはまだまだはじまったばかりなんだから。次は委員を決めないと。むしろこちらのほうが重要だし、難問と言えるわね。失敗は許されない。心しておいてね」

ふざけるな。

ギリギリのところで、抑えた。


その晩、夢を見た。

小早川千尋が炎の剣を片手に、暗闇《くらやみ》の中に立っていた。

炎がたいまつのように周囲をぼんやりと照らしている。

千尋は顔を伏せていて、その表情は見えない。

やおら千尋《ちひろ》が顔を上げた。

般若面《はんにゃめん》、だった。

そいつが、炎の剣を振りかぶって追いかけてきた。

直幸《なおゆき》は逃げた。絶叫をあげたような気もするが、わからない。

「いいじまくぅ～ん　いいじまくぅ～ん」

般若の千尋が、どこまでもどこまでも追ってきた。

「わあああっ！」

自分の悲鳴で目覚めたなんて経験は、生まれてはじめてだった。

早朝の五時だった。

ものすごい汗をかいていた。

いろいろなことに思いは飛んだ。そして不意に、これは自分の人生じゃないと感じた。

副クラ代やめよう。そう決めた。


クラス代表会議にはじめて参加した。

昼休みに放送で呼び出されたからだ。

今までは教室内でだけ千尋を手伝っていたのだが、いい加減、副代表として登録した以上、参加しないわけにはいかなくなったようだ。

直幸はクラ代会議に、別の目的を胸に秘めて向かった。

本人に言おうか、それとも見ず知らずのクラ代会議の議長に言おうか、それは迷った。迷った結果、議長にした。詫《わ》びを入れるなら、組織の長がまずは筋だろうと思えたからだ。

会議室には、学校中の小早川千尋《こばやかわ》が集まっていた。

委員長属性《ぞくせい》というのか、規律重視というのか、そういう人たちである。

運動をしている者はいないのか、不健康そうとまでは言えないが、皆白い肌《はだ》をしていた。眼鏡《めがね》着用率も高かった。ここは委員長の部屋だ、と畏怖《いふ》した。会議室の雰囲気も、図書室のそれと似ていた。私語、飲食厳禁。市役所の感じもある。皆が無表情で仕事をしている様《さま》が、酷《こく》似《じ》している。

挨拶《あいさつ》。

やめはするが、初対面だし挨拶。

だけどどんな愛想？

――本日、副代表をやめることになりました飯嶋《いいじま》です。

駄目だ、伝説になる。ほかの挨拶ないか。適当な挨拶。脳裏《のうり》を一瀉千里《いっしゃせんり》に検索する。……なかった。そんな文例は存在しなかった。結局、中途半端な挨拶になる。

「一B、飯嶋です」

だからなんだよ、と言われそうだが言われなかった。

全員がきっかり一秒だけ、直幸《なおゆき》を一瞥《いちべつ》した。それが挨拶《あいさつ》への返事がわりだった。

「飯嶋《いいじま》くん。プリントは集めてきてくれた？」

「あ、ああ。一応持ってきたよ。全員分そろってる」

朝のショートホームルームで配ったプリント。午前中、休み時間になるたびに記入を要求し、ウザがられながらなんとか回収してきたものだ。最後の仕事である。

「……」

プリントの束《たば》をじっと凝視《ぎょうし》していた千尋《ちひろ》に、「どうした？」と声をかける。ハッと弾《はじ》かれたように顔をあげて、

「あ、あっちの内扉《うちとびら》の向こうが生徒会室。このプリントを提出してきて。生徒会長ね」

そしてまた愛想《あいそ》もなく自分の作業に戻ってしまう。質実剛健《しつじつごうけん》の小早川《こばやかわ》スタイルにおいては、案内してくれたり紹介してくれたりはないのである。

そうか、クラ代会議は生徒会とも懇意《こんい》なんだと直幸は気づいた。であればまずは、生徒会長にこそ辞表は出すべきだ。

生徒会室の扉をノックする。

「どうぞ」

「失礼します」

　扉の向こうに広がる生徒会室の雰囲気は、クラ代会議室とはまったくの別物だった。

　会議室の半分くらいの部屋に、事務机やスチールラックなどが整然と配置されている。ごく一般的な生徒会室だ。室内には三人の生徒会役員が働いていた。三人とも上級生で、優等生っぽい雰囲気を醸《かも》しているが、どことなく柔らかい印象がする。

　奥の机に座っていた上級生が声をかけてくる。

「一Bの飯嶋君だね」

「はい、飯嶋です。はじめまして」

「うん。生徒会長の杉森《すぎもり》だ」

　背の高い、やせた男だった。昔の書生《しょせい》か学者めいた風貌《ふうぼう》で、薄い眼鏡《めがね》の奥で揺れることのない黒目がじっと直幸をとらえている。とても同世代とは思えない枯れた雰囲気があり、さすが高校だと直幸は感じ入る。正直、三十代と言われても驚かない。

　というか本当に十代なのかが疑《うたが》わしい。完全に大人だ。

「やっと問題児クラスに正副ふたりのクラス代表がそろったようだね」

「問題児クラス、ですか」

「異論《いろん》でも？」

「……いえ」

　うすうす思ってはいたが、やはり外部からでもそう見えるらしい。

内側にいる時には疑問にも思わないのだが、こうしてクラスの外で活動していると、幼《おさな》いクラスの一員であることが少し恥ずかしい。

「責めているわけじゃないんだ。ただ彼女、小早川《こばやかわ》君はオーバーワークに陥《おちい》っていたから、これで少しでもそれが解消されるならいいんだが」

その期待には応《こた》えられそうにない。話をそらすことにした。

まず事務的な会話をして、打ち解ける前にさっと本題を切りだそう、と心に決める。

「これを生徒会長に提出するように言われました」

「プリント？　ああ、あの件だね」

長い指が紙束《かみたば》をわしりと受け取る。

杉森《すぎもり》はプリントをぱらぱらとめくり、一言ふむ、とだけ発した。

「君はどの程度、小早川君の助けになってやる腹づもりかな？」

「……」

どうして今それを問うのだ、と直幸《なおゆき》は苛立《いらだ》つ。これから旅立とうというこの時に。

応じられないでいると、杉森は少し迷うような素振《そぶ》りをみせ、やがてプリントの束を直幸の側に放った。

「まあ、見てみるといい」

言われるまま、自分が回収したプリントをめくる。

このプリントは、委員会活動の希望用紙である。正式のものではなく、小早川が作成したものだと聞いている。

体育祭と文化祭の実行委員、風紀委員、美化委員、図書委員、保健委員、選挙管理委員、などがある。これらは各クラスから一人ずつ決めねばならない性質のもので、任期は一年間続く。ホームルームでいくら立候補をつのっても、一Bは立候補者が出ない。

だが各委員会の会議はすでにはじまっているため、このままでは一Bだけが取り残されてしまう。なんとかして選ばないとならない。

そこで千尋《ちひろ》が作成したこの書類で、あえて自分がやってもいいと思える委員を第三希望まで強制的に挙げてもらうことにしたのだ。

かならずその委員にされるということではなく、かぶった場合は抽選になる。委員のポストが七つしかない以上、割り振られない者のほうが多い。強制的に任命しても席替え騒動の再来《さいらい》になると見た、千尋の苦肉《くにく》の策であった。

ところがプリントの記入欄を見て、直幸は絶句してしまった。

無回答、無回答、落書き、何もやりたくない、無回答、やるかバーカ、小早川横暴《おうぼう》!、死んじゃえ、白紙、帰宅委員希望、指名記入欄に小早川千尋、無回答――

ほとんどが無記名無回答、あっても投げやりな回答ばかり。

まともに希望を記入している者などひとりもいない。直幸は「うそだろ……一人残らずかよ」と呻《うめ》いた。

「いや、一人だけ回答していたな」

「こいつか……」

男子がひとり、第一希望に図書委員と記入していた。ほとんど人と話さない、存在感の薄いクラスメイトだ。直幸《なおゆき》は何度か声をかけたことがあるが、まともに会話にもならなかった。

「なんで、こんな……」

まるで荒廃《こうはい》したクラスだ。

一Bは少したるんだところがあるが、ここまでとは思っていなかった。小沼《こぬま》は堂々と記名したうえで「おめーの仕切りで何もしたくねーよ！ プンプン」などと殴り書きしている。

ふざけ半分、なのだろうか？

ひとりひとりは、軽い気持ちでやっている気がする。だがクラス全員分が集まってしまうと、それはまったく別種の殺傷力《さつしようりよく》を宿す。

誰かをマットで簀巻《すま》きにして、上にのしかかる。最初はやられるほうも笑っている。仲間同士の悪ふざけ。だがのしかかるほうがふたり、三人と増えていくと、簀巻きにされるほうの顔からは笑顔が消える。五人のしかかると、カエルを潰《つぶ》したような悲鳴。十人でのしかかるのは、笑いが止まらないほど楽しい悪ふざけだろう。そうして気がつく頃《ころ》には、日本人口がひとり減っている。いじめですか。いいえ、悪ふざけです。

「内側からだとなかなか見えないだろう、そういうのは。そんな予感がしていたから、まず僕に見せるように言っておいたんだ」

「席替えで一度揉《も》めたから……それで恨《うら》んで……」

「彼らの恨みを買わないようにするためには、一度も揉めてはいけないということだね」

「……」

そんなことは、学校生活では不可能だ。わかってる。よく。

言葉がない。言うべき台詞《せりふ》が存在しない。心に思い浮かべた次の瞬間には、自分でそれを論《ろん》破《ぱ》できてしまう。

「ひとりひとりは、悪い奴《やつ》じゃないんです」

必死に絞り出した言葉がそれだ。

「そう。一Bは突出《とつしゅつ》した問題児がいるわけじゃない。だけど、なぜか一年生でもっとも扱いにくいクラスになってしまった。集団の魔力、というやつなのかな」

プリントの中に、篠山《しのやま》もいるのだろうか。あの陽気で調整型の篠山が。ぶっとび女王の異《い》名《みょう》をとる椎原《しいはら》が、キャラを崩《くず》して辛辣《しんらつ》なコメントを書くのか。おっとりした中目黒《なかめぐろ》が、平然と白紙で提出するのか。ほかの、普段楽しく会話してる連中も——

「君は集団浅慮《せんりょ》という言葉を聞いたことはあるかな？　単体では理性的で問題のない常識人でも、集団になるとその判断力が鈍《にぶ》り、誤った方向に向かってしまう、というような現象なんだそうだ」

「心理学、とかですか?」

「社会心理学……だがまあ、我々ナウなヤングには、もっとわかりやすい単語があるわけだよ」

「単語?」

「空気、だ」

その理解は、すとんと胸に落ちた。

空気を読む。空気を読め。そしてかき乱すな。

このクラスはかなり危《あや》ういの。

だから、統御《とうぎょ》するの。

直幸《なおゆき》自身、ほとんど疑問に思うこともなく決めつけていた。千尋《ちひろ》が空気を読まないから悪いのだと。でも外に出てみたら、事態は正反対の様相《ようそう》である。どちらが正しいのかといえば、考えるまでもない。

あれ、と混乱する。

足下が揺らぐ。席替えの時も揺れたが、今度はもっと根本的なところからの崩壊《ほうかい》だ。アイデンティティクライシス。

ぐらぐら揺れていた。ぐらぐらぐらぐら価値観も揺るぎっぱなしで、なんだかとんでもない思い違いを是認《ぜにん》しようとしていた。

小早川《こばやかわ》のほうがかっこいいような気がした。

「どうしよう……」

世にも不安そうな声で直幸は漏《も》らした。

「弾《はじ》けたまえ。迷ったら、弾ける。若者にはそれしかない」

泰然自若《たいぜんじじゃく》と構える杉森《すぎもり》が、心に訴えるような抑揚《よくよう》で言った。

「……スプラッシュ？」

「心の運動不足を、解消するんだ」

心にも運動不足があるのか。ありそうだ。よし、そうしよう。と、クライシスしたばかりの直幸は、スポンジのようにどんな価値観でも吸い込む勢いだった。

「生徒会長」

「何かな」

「俺《おれ》、やめるの、やめます」


「副クラス代表の飯嶋Ver.2.0です。よろしくお願いします」

夕暮れの教室で、やっぱり千尋はひとりだけで書き物をしていた。

「……なに、ギャグ？　わかんない」

「いや、けじめ。気にしないでいいよ」

千尋《ちひろ》の眉間《みけん》に皺《しわ》が寄った。

しかし説明はせずに、隣の自席に腰を下ろす。

「飯嶋《いいじま》くん、部活は？」

「今日《きょう》は遅れて出ることにした。仕事、あるんだって？」

「ああ、これ？　私ひとりでも一時間かからないけど」

「半分手伝う。貸して」

「ひとりでやったほうが効率が良い」

「仕事覚えないと」

千尋は慣れない展開に戸惑っていたが、やがて束《たば》の半分を差し出してきた。

「説明するね」

記入と分類のルールを聞いて、それに従ってシャーペンを走らせる。わからない箇所《かしょ》は質問しつつ、仕事を黙々と進めた。

しばらくはぎこちない空気が淀《よど》んでいたが、やがて書類仕事に没頭《ぼっとう》してくると、そんなものはどこかにいってしまった。千尋が直幸《なおゆき》に話しかけたのは、そんなタイミングだ。

「どうしちゃったの？　なんかヘン」

「生徒会長ってすごい人だなって思ってさ」

「ああ、あの人は……面白いでしょ？」

面白い。小早川《こばやかわ》千尋が人をそんなふうに評するとは。

直幸は手を止めて千尋の横顔を見た。

「……もしかして、好きなの？」

「まさか」

これっぽっちも狼狽《うろた》えなかった。

「そっか。ならよかった」

カリカリとふたりのシャーペンが駆《か》け回る。一分ほどしてから、ようやく気づいたという様子で、千尋は面《おもて》を持ち上げた。

「……え？」

彼女は今日のことを、ブログでどう書くのだろう？

それだけは、変わらず楽しみではあった。

二章

タイトル　聖人君子《せいじんくんし》じゃないけど、と必ず前置きをしたがる心理
『私は聖人君子じゃないけど、嘘《うそ》は絶対つかない。それって人として最低だから』

こんな言葉を口にする人間が、世の中には多い。

あまりにも自己顕示欲《じこけんじよく》に無自覚すぎると思う。

彼らは良く思われたいがあまり、綺麗事《きれいごと》のアクセサリーをじゃらじゃら身にまとう。

そして自分の高潔《こうけつ》さを、ノーリスクでアピールしようとする。

――本当の秘密を教えよう。

「私は聖人君子じゃないけど、嘘は絶対つかない。それって人として最低だから」という言い分は、「私は嘘をつかない聖人君子です」と主張しているのと変わりない。

人から高潔と思われたい。だけど自《みずか》らそう主張して傲慢《ごうまん》とは思われたくない。

二重の欲求が融合《ゆうごう》し、この綺麗事が成立するようになった。

こんな詐術《さじゅつ》を駆使《くし》するならいっそ「私は高潔です」と主張したほうが、潔《いさぎよ》いと思わないだろうか？

本来、人となりとは態度でしか証明できぬもの。それを「嘘はつかない」と言葉で周知させようとするなら、自称《じしょう》高潔の汚名《おめい》くらい着るべきだ。

あらゆる『私は聖人君子じゃないけど、嘘は絶対つかない。それって人として最低だから』

と主張する人間は有罪である!!

小早川《こばやかわ》千尋《ちひろ》は暑さに強い。

炎天下だろうが冷暖房未完備の旧部室棟だろうがお構いなく、毎日くるくると動き回っている。

走るのには、忙しい、という理由もある。

クラ代の仕事は実にハードだ。

少なくともテニス部の部活よりはきつい、と飯嶋《いいじま》直幸《なおゆき》は感じる。

それでいてブログも精力的に更新しているのだから、頭が下がった。

気温がそろそろ30℃越えを連発するようになってきて、ついに昨日《きのう》からは四捨五入して40℃の大台に乗った。

気象台の猛暑日予想がひどいことになっていた。

教室にはエアコンがある。生徒たちはニコニコしている。

生徒会室とクラ代会議室は旧部室棟にあるため、エアコンは設置されていない。生徒会ならびにクラス代表者会議の面々はイライラしている。

噂《うわさ》では建物には断熱材も入っていないとか。

扇風機《せんぷうき》、これは各部屋にふたつずつある。

効きやしない。

直幸《なおゆき》が扉《とびら》を開けると同時に、ヤバめの熱風が室内から押し寄せてきてのけぞる。

「ちょっとこれ、ドライヤー!?」

「やあ、飯嶋《いいじま》君か。昼練は終わったのかい？」

クラ代議長が、汗だくの顔をあげた。

「ええ……つっても、途中で抜けてきたんですけど。あのこれ、外のほうが涼しいですよ？」

言いつつ、ドアを開いたままにストッパーで固定する。

外気だってそうとうに暑いのに、それが涼しく感じるというのはどうなのだろう。

案の定、室内には脳が半分とけたような連中が、幽鬼《ゆうき》のような足取りで徘徊《はいかい》していた。

直幸はパイプ椅子《いす》をひとつ取り、あいているスペースに陣取る。

業務進捗《しんちょく》状況を書類に記入していかねばならない。段ボール箱に突っ込まれたファイルから、一Bとラベルが貼《は》られた二冊を引っこ抜く。

開くと、文化祭作業進捗管理A表がファイルされていた。

この学校では文化祭が九月開催のため、繰り上がり進行で夏休み前に一度生徒会の仕事量はピークに達する。

進捗管理の効率化をはかるため、生徒会長が作成した各クラスごとの作業進捗管理A表には、三十項目以上の〝やること〟が並んでいる。各項目ごとに空欄が用意されていて、作業が完了したら生徒会長に捺印《なついん》してもらうのだ。生徒会スタンプラリーと呼ばれる年中行事だ。

一BのA表には、まだ一項目も印は押されていない。

ゆゆしき事態だった。

ようやく段取りをつけた一項目に、シャーペンで印をつける。添付《てんぷ》書類の欄にも印をつけて、用意してきた添付書類を専用の提出書類用ファイルに挟み込む。あとは生徒会長が二十四時間以内にチェックしてくれる。

やっと一項目。

直幸は隣で仕事をしている仲間の手元をのぞきこむ。同じA表。印は七つ確認できた。

優秀じゃん取り替えてよ、なんて軽口を叩《たた》けるほど親しくはない。最近やっと慣れてもらえて、挨拶《あいさつ》くらいは通じるようになったが、仲間という感じではない。

生徒会役員やクラ代会議には堅物《かたぶつ》が多くて、遅れてやってきた直幸はあまり良い印象を持たれていない。

溜息《ためいき》をつく。

A表をめくると、下にはB表というものが別に挟んであって、こちらは六十項目以上の〝やること〟がある。B表は正代表である小早川《こばやかわ》担当だ。

はんこの数は八つ。分母の大きさを考えると、順調とは言えない。

「ああ飯嶋《いいじま》君、こないだ美化委員会から、一Bの委員がまた無断欠席したって連絡が来てたよ。議事録の写しだけでも取りに来いって。あれ、でも一Bの美化委員って決まってたか？」

「すいません。俺《おれ》があとで行ってきます」

直幸《なおゆき》は事務机に積まれている、各種関連書類を一枚ずつかき集めて会議室を出た。その足で、同じ旧部室棟にある美化委会議室を訪れた。

「一Bね。はいこれ、議事録の写し。書いてあるけど、そっちのプリント忘れずに教室に掲示しておいて。あと無断欠席は困るよ。こういうことはないようにしてよ」

はい、すみませんでした、とひたすら頭を下げた。

「あと一Bって、正式な委員いつ決まるの？　もう七月だよ？　どうなってんの？」

どうかなったのではなく、どうにもならなかったからだとは言えなかった。

教室に戻るや否《いな》や、三上《みかみ》という女子生徒のもとに歩み寄る。

「ミカミカ（愛称）、美化委員会、お休みしちゃったんだって？」

三上は親しい女子らと机を囲んで、色つきティッシュペーパーを使ってティッシュ薔薇《ばら》やこよりブレスレットを自作していた。

「あー、飯嶋～、どうこれ？　かわいい？　キュンする？」

アクセサリー類が持ち込み禁止になったことで、持ち込み可能な物品から強引におしゃれをしようとしているのである。涙ぐましい努力だ。女が又《また》に力と書いて努力というだけのことはあった。

「……すげえかわいい」

「ほんとー？」

「美化委員会にマジふさわしいわ。ってことで、次からちゃんと頼むよ。来週の火曜に話し合いあるからね」

「むぎゅう」

三上は不機嫌そうにアヒル口を作った。なった、じゃない。作った、だ。一部の例外をのぞき、アヒル口は自然には成立しない。意図して作らねば、そうはならない。自身がわりと建前で飾る部類の人間であるにもかかわらず、直幸はアヒル口が生理的に嫌いだった。

「飯嶋うそばっかし」

三上はむーと唇《くちびる》を尖《とが》らせる。

「美化委員会ってコスメを研究する委員会じゃなかった。掃除とかするサークルだった」

「ごっめーん」。直幸は動じず「勘《かん》違いしてた」

「ひどい勘違《かん》いだよ〜、掃除とか意味わかんないよ〜」

「わかんないよねー。でもやってたらそのうち面白くなるってぇ。ダイエット効果もあるからさぁ」

三上《みかみ》は真顔になる。声も少し低くなり、作り声ではなくなる。

「悪いんだけど、やめたい」

「えー、やめちゃうのー？　あ、でもさ、そういやさ、食券あげたじゃん？　みたいな。ギャラ支払いずみじゃん、みたいな」

少しも皮肉をこめたつもりはなく、あくまで友好的にアプローチしたつもりだが、三上はさらに一段階、不愉快そうな顔をした。

「飯嶋《いいじま》、最近うるさくなってつまんない」

「……悪い、忙しいせいかな。でもマジで三上が美化委員やってくれると助かるなあ。あそこ、いい奴《やつ》多いでしょ？」

「いないし。友達できるかって思ったっけ、できんし。自分だけ無視されてたし」

「それはツライね。わかるわかる」

そんくらい我慢してくんねーかな、とは言えなかった。

「だからやめることにしたんだー。悪いから、昨日《きのう》の分のバイト代だけ返すね」

と三上は、学食の半券を差し出した。

「使用ずみじゃん」

「食べちゃったにゃん♪」

てへ、という感じで舌を出す。

直幸《なおゆき》は太陽のように微笑《ほほえ》んだ。

そして直幸は教室を出て、便所に入り、掃除用具を入れてあるロッカーを力の限り蹴《け》飛ばした。


決まらない委員をバイトで雇《やと》おうというのは、いわば苦肉《くにく》の策である。

即物《そくぶつ》的な人間を選んで話を持ちかけ、なんとか三人は確保したつもりが、彼らのぬるさを直幸は読み違えた。

全員が職務放棄《しょくむほうき》。

直幸は三つの委員会に頭を下げに行った。

こんなみじめな経験は生まれてはじめてだった。

しかも事後処理。次の委員会までにまた三人を選び直さねばならない。絶対にもう見つからない。何もかも投げ出したい。

午後の授業内容が、ぼんやりと右から左に抜けていった。

ふと隣を見ると、小早川千尋《こばやかわちひろ》がいないことに気づく。朝はいた、はずだ。どうだろう。自分の時間感覚が信頼できない。よく見ればカバンなどはかかったままだ。

五時間目の授業が担任だったので、終わったあとに廊下で捕まえて問いただした。

「……小早川は、学校の仕事でちょっと時間が足りないそうなんで、特例みたいなものなんだが、早退扱いでな」

歯切れの悪い口ぶりに、直幸《なおゆき》は不審の念を抱《いだ》いた。

「もしかして午後の授業休んで、クラ代の仕事してるんですか？」

「ああ、まあそうだ……そういう特例があってな」

そういうことができたのか、と拍子《ひょうし》抜けする。

授業を休むのは、部活を休んだり早退するより心が痛まない。

「俺《おれ》もいいですか？」

「駄目駄目」

元熱血担任は顔をしかめて手を振った。

「皆が同じことを言い出したらどうする。あくまで特例だ」

「……人には言いませんから、お願いします！」

「おお、うむ……飯嶋《いいじま》、おまえなかなか熱いヤツだったんだな……」

頼み込んで、なんとか承諾《しょうだく》を得た。

そして直幸は六時間目の授業を学校行事特権の適用により休み、そのまま旧部室棟を目指した。

生徒会室にも会議室にも鍵《かぎ》がかかっていた。

「うかつ」

思い出せば、そういう決まりだった。授業中、サボりの温床《おんしょう》にならぬようにとの理由。

では千尋はどこで作業をしているのだろう？

そういえば。

記憶の片隅《かたすみ》からその事実を引っ張り出す。千尋は備品置き場の鍵を預かっている。

そしてせっかく購入したものの、一度しか使用されずに死蔵《しぞう》されている備品の多さを、ブログでぶった斬《ぎ》っていた。曰《いわ》く無能な計画、曰く金をドブに捨てる行《おこな》い、はいはい愚民《ぐみん》愚民。

備品置き場は文化祭実行委員会の領土で、運搬の便宜《べんぎ》をはかるためか一階のはじっこが割り当てられていた。

ノブはあっけなく回り、中には千尋がいた。

「小早川さん？」

声をかけてから失敗したと気づいた。

千尋が「え？」とこちらを向く。

彼女は姿見の前に立ち、きわめて特殊な装身具《そうしんぐ》を頭にのせていた。ネコミミだ。

よく見ればネコしっぽも、スカートの下に装着している。

男子である直幸《なおゆき》には、そのプリーツに隠されたしっぽの根元が、どこに接続されているか気になったが、あまり深く考えないことにした。

死ぬほど忙しいはずなのに、そのために授業を休んで事にあたっているはずなのに、ネコミミとはどういうことなのだろう。しかし咎《とが》める気はなかった。アヒル口に抱《いだ》いたような嫌悪《けんお》感は微塵《みじん》もない。こっそりやっていたところが良い。

心の換気は、誰にとっても神聖な儀式であるべきだと直幸は考える。

すぐに立ち去ってやりたいと思う。ただ、あまりにも信じがたい光景を目《ま》のあたりにした時、人は静止ボタンを押されてしまうのだ。直幸は扉《とびら》を開けたままの姿勢で固まっていた。

「……はっ、はぁッ……！」

千尋《ちひろ》が苦しげに息を荒らげた。

「……はっ、はぁッ……！」

直幸が苦しげに息を荒らげた。

機は逸《いっ》していた。

もう「やあチヒロ、お邪魔しちゃったかな？」「やぁねナオったら！　そんなんじゃあないの、ちょっとしたおふざけなんだから！」ですませられる一線は越えていた。

「はっ、はぅあ……はっ……ひっ、ひくっ……」

しゃっくりが止まらなくなったみたいに、千尋の息づかいは乱れた。それを受けて直幸も
「んっ、おうむっ……おむっ……！」と横隔膜《おうかくまく》を荒ぶらせた。見つめ合ったまま、両者は手をとりあって取り返しのつかない次元に飛翔《ひしょう》していく。

「はわっ……」

「はわわわっ……」

「はわわわわっ……」

「はわわわわわわわっ……」

ふたりの悲鳴が、完全に同期する。

「「はわあああああ――――――――っ!!」」


ネコしっぽは、紐《ひも》のようなもので腰に結びつけられていただけだった。挿入《そうにゅう》されてはいなかったので、良かったです（大人のジョーク）。と直幸は心の日記に書いた。

ちらりと千尋の横顔を見やる。

あのあとのことは、実はよく覚えていない。

覚えているのは、千尋が髪を振り乱して摑《つか》みかかってきたことだけだ。

後頭部を打ったようだ。目の前が真っ暗になり、地べたに転がった。

貧血みたいにしばらく目が見えなって心細くなっていた時、近くに千尋《ちひろ》の気配が立ち、そして「どうしよう……記憶、消さなきゃ……ロボトミー……?」という真剣きわまりないつぶやきを耳にして、直幸《なおゆき》はゆっくり身を起こした。

「はて、いったい俺《おれ》はどうしてこんなところにいるんだろう? 記憶がないぞ。やや、そこにいるのは小早川《こばやかわ》さんじゃあないか」

「……」

千尋はじっと直幸の顔を見つめた。

その手にペンチが握られていて怖かったが、視界に入れないように努めた。

「ようこそ　ここは　備品置き場　です」

千尋が町の人Aみたいなことを言った。


今は何事もなかったように、ふたりで仕事をしている。

意外なことに、備品置き場は涼しい。風の通りが良いのだ。

「小早川さん、こんな文章でどう?」

今は、図書委員会に提出が義務づけられている意見書の下書きを手伝っている。

差し出した書類を、千尋は険《けわ》しい顔で一目《いちもく》した。

最近、直幸はこういう目をしている時の彼女が、決して苛立《いらだ》っているわけではないことを理解した。千尋は真面目《まじめ》モードになると三白眼《さんぱくがん》になる。

「いいんじゃない？　飯嶋《いいじま》くんの文章って、素直で読みやすい。おかげで助かっちゃった」

小早川さんの文章って、刺々《とげとげ》しくて辛辣《しんらつ》でナチュラルに皮肉が混入してるものね。

つい口に出かかってしまった。

最初、彼女の作成している下書きを読んだ時、前述のような感想をどうオブラートに包んで伝えるかがひとつのテーマとなった。

なんとか真意は穏便《おんびん》に伝わり、千尋自身も「私の文章って、ちょっとぎこちないのよね」と認めてくれたため、直幸が代筆することになったのだ。

ぎこちないのも無理はない。

意見書は本来、クラスの意見をまとめるものだ。が、千尋がショートホームルームで執拗《しつよう》に提出を求めても、アンケート用紙は一通も返ってこなかった。直幸と千尋の意見だけをクラスの総意とみなして、でっちあげるしかなかった。

こんな仕事ばかりが増えていく。

結局のところ。

誰も委員を引き受けてはくれなかった。

どうしてそこまで頑《かたく》ななのか、一度レールを外れてしまった直幸《なおゆき》にはかえって不思議なくらいだった。

結局、体育祭実行委員、文化祭実行委員、風紀委員、図書委員を千尋《ちひろ》が一時的に兼任するという収拾のつかない事態に陥《おちい》っている。

破綻《はたん》の見えた、破滅的な妥協案《だきょうあん》である。

軋《きし》みはいたるところから聞こえている。美化委員の件もそのひとつだ。

つらいのは、ありとあらゆる問題を自分たちふたりでカバーしないといけないことだ。

「まあ、息抜きもしたくなるよね……」

「なんですって?」

「いや、なにも。あ、それよりひとつ報告が、さ」

さらに負担をかけねばならない。

息抜きした直後に悪いんだけど、と心で詫《わ》びて、本題を切り出す。

「実は俺《おれ》が担当してた三つの委員会の件なんだけど……」

千尋が四つ、直幸が三つの委員会を分業して兼任している。

美化委員、保健委員、選挙管理委員が直幸の担当だ。

会合や作業の日程がバッティングしないよう考慮して千尋が割り出したもので、理論上ひとりでもすべての会合に出席できるシフトだ。彼女にはそういう才能がある。

だが直幸には部活があった。

そこで傭兵《ようへい》、食券で臨時委員を雇《やと》うことになった。あわよくば、そのまま正規委員を押しつけてしまうというオプションも期待されていた。

それが破綻してしまった。

「そう。やっぱりだめだったんだ」

千尋は予想していたようで、驚きはしなかったが声には疲労が滲《にじ》んだ。

「どうしようか。かわりの傭兵も見つからなかったし」

「飯嶋《いいじま》くんのほうで、三つのうちいくつ受け持てる？」

全部俺がやるよ、と言えたら、さぞや株も上がるのだろうなと思う。千尋とコンビを組んで以来、初日の告白以上に劇的に距離が縮まるような出来事はついぞない。

悲しいかな現実はこう。

「……ごめん。部活あるから、ひとつも無理。昼は自主練だから抜けられるし、会議くらいなら練習遅れますって連絡して出席できるかもだけど。顧問《こもん》がそろそろキレててさ」

ますます千尋は渋い顔をした。

「となると、いよいよ最後の手段しかないのかしら」

「あれか、あのシフトか。あのおそるべき……あれだけは、避けたい」

「しかしほかに手はないみたいよ」

「だけどあれは」と直幸《なおゆき》は言いよどむ。

最後の手段。

それもまた千尋《ちひろ》の芸術的事務能力によって導出《どうしゅつ》された、特殊な分業シフトである。

今までは、七つの委員会をふたりで四つと三つにわけていた。

これを委員会ごとにわけず、作業だけで分担するというものだ。

たとえば七つの会議だけに直幸が出席し、実務は千尋が担当するといった具合に。実際にはもっと細かく厳密に、タイムスケジュールに沿って切り刻む。

「この過密具合だと、どれだけ効率良く予定を組んでも分刻みね」

自作の日程表とにらめっこしながら、千尋が言った。

「そうなるとさ、もう委員じゃないよな。美化委員の会合担当です、とか、風紀委員の巡回担当です、とか。煩雑《はんざつ》すぎる」

「しかしほかに手はないわ」

「ちらっと考えたんだけどさ。この際、ほかのクラスの奴《やつ》でもいいかなあって」

「は？　それって……」

「傭兵《ようへい》、ほかのクラスから雇《やと》う。食券で」

千尋の眼鏡《めがね》は曇り、両肩はわなわなと震えた。

「アル……アルマッ……」

「アルマジロ？」

「あるまじきことよっ！」

怒声《どせい》に打たれて、直幸はよろめいた。

「クラスの恥を他《た》クラスにぬぐってもらうなんて、国辱《こくじょく》ならぬ級辱じゃないの！」

「そういう恥はいやなんだ」

「あたりきでしょ。もう、もう！」

千尋は文字どおり身をよじって煩悶《はんもん》した。よほど気に障《さわ》ったらしい。時折「絶対正義」だの「真のモラル」だの「啓蒙《けいもう》」だのといったあまり寛容《かんよう》さを感じられない単語が漏《も》れ聞こえて嫌だった。いつもクールなのに、こんな彼女は珍しい。

「分刻み仕事か、つらいな」

吐息《といき》を落として、直幸はさっきのネコミミを何気なく頭に装着してみた。

「シッ！」

千尋は忍者の動きでそれをむしりとると、もともと収納されていた『萌《もえ》⑥』と大書きされた段ボールに叩《たた》き込んでフタを閉じてガムテでふさいで壁際に乱雑に積まれた用具の山に押しやった。

「そこまでせんでも」

「黙って！」

呼吸を整えた千尋《ちひろ》は、打って変わって落ち着いた声で、

「……厳密な日程表、作りなおす」

「でも、どれだけ厳密にしても、穴はできそうだよ？」

「この際、完全な仕事にならないのは仕方ないわ。委員会の仕事には重要度の低いものもあるから、そういうものは計画的に欠席してしのぎましょう。覚悟しておいてね。飯嶋《いいじま》くんにも五臓六腑《ごぞうろっぷ》の大活躍してもらうから」

八面六臂《はちめんろっぴ》だよ小早川《こばやかわ》さん、と突っ込むこともできなかった。別のことを考えていた。

実は直幸《なおゆき》は、今の地獄シフトが長続きするとは思ってなかった。

早晩破綻《はたん》するだろうと見越していた。

そうなっても、クラスは乱れるだろうが、千尋との関係は消滅《しょうめつ》しない。

だから言うつもりはなかった。なかったのだが、

「現実味がないよ」

本心を悟られかねない危《あや》うい台詞《せりふ》を口にしていた。

「なら諦《あきら》めて全部放棄《ほうき》するの？」

少しむっとしながらの反論。

千尋は悪意に敏感だ。こういう展開だけは避けたかったのに、と直幸は本心を完全に機密状態にできない自分の未熟さを嘲《あざけ》る。

「でも正直な話、これもう破綻してんじゃないのか？」

一Ｂの置かれている状況は、まともじゃない。

ギブアップして何もかも放り出して、学校か生徒会か政府に再建の手綱《たづな》を任せたほうが良いのではないか、と。

「それは敗北主義よ」

「何事だって完遂《かんすい》できない時もあるよ。正直、今回はそろそろ頃合《ころあい》だと思うんだけど」

「飯嶋くんわかってない」

はあ、と息をして、

「私たちがやめたあとに、本当の破綻は来るの」

「来たとしてもだよ。この世の終わりってわけじゃない」

「うちのクラスは危ないって言ったでしょ。彼らは自分たちのスタイルを崩《くず》されることを常に嫌がってる。行事にあぶれようが、気持ちいいことだけして不快なことは徹底的に遠ざける。そういう人たちなんだから」

「……つきあうと、そこまで悪い連中じゃないんだけどな」

一時はやや疎遠《そえん》だったテニス部とも、すでに関係修復にいたっている。

篠山《しのやま》らとの連携《れんけい》で、顧問《こもん》に対しても『飯嶋はクラ代を兼任して大変なことになっている』と支援してもらい、一定の理解を得ることに成功していた。

「だから、大衆は愚《おろ》かなんでしょ」

「ん？　嚙《か》み合ってなくない？」

「なくない。ひとりひとりはまともでも、集まると怖いから衆愚《しゅうぐ》と言うのよ」

「そういう傾向はあるのはわかる。だとしても小早川《こばやかわ》さんはちょっと見下しすぎ――」

やめろバカそれ以上逆らうな。

心の声がブレーキとなって、直幸《なおゆき》はすんでのところで最後の言葉を濁《にご》した。

「ごめん、言いすぎた」

「……」

千尋《ちひろ》は黙って何事か考えている。

「小早川さんが過労死したらいやだからさ」

いかにも取り繕《つくろ》ったような、舌の上からつるりと取り落としたみたいな言いわけだった。見《み》透《す》かされるかと不安になるくらい、薄っぺらい、上《うわ》っ面《つら》だけの言いわけ。

「飯嶋《いいじま》くんとこういう口論したの、はじめてだね」

直幸の言いわけなど聞いていなかったらしい。力なく笑いながら、千尋は言う。

「え、ああ。そうだった、かな」

実は意識してそう立ち回っていたからね。はいブレーキ。

実は部活でも恨《うら》まれてないしクラ代仕事だって人に押しつけてるしね。はいブレーキ。

実は君のブログ読んで傾向と対策予習して接してるからね。はいはいブレーキ。

仕方がないじゃないかと、今度は自分に言いわけしてみる。

つくらないですむなら、敵なんてつくらないほうがいい。それはどれだけ進化しても決して揺るがぬ基礎仕様なのだ。2.0とか関係ない。

いったい自分が何に対して苛立《いらだ》ったのか、わからなくなる。

過労死？　そんな馬鹿《ばか》な。

いや、千尋の負担を心配しているのは事実だ。間違いない。ただあのタイミングで口にするのは嘘《うそ》で演技で腹芸《はらげい》だと思えた。欺瞞《ぎまん》がどこかに隠れている。

「なんだかおかしいね。けっこう長く仕事してたのに」

「そうだね。ははは」

心と言葉がずれて不協和音《ふきょうわおん》を生じている。だが飯嶋直幸は機能する。体に染みついた対話本能が、最善の一手を選び続ける。ボールが逆サイドをつきそうな時、無意識に足がそちらに向かうように、直幸が立ち回りにミスをすることはない。

「飯嶋くんのことが少しだけわかった気がする」

「もうクラスのことなんていいじゃないか」

ブレーキを踏み抜いた。

「え？」

「いや」

そっぽを向く。自分の今《いま》し方《がた》の言葉を吟味《ぎんみ》する。あれ、と首をかしげる。

こんなはずではない。こんな自分では。

「違うよ。そうじゃない」

「飯嶋《いいじま》くん?」

「ごめん……」

突然、言葉がなくなる。口に出せなくなる。頭が空っぽになってしまったみたいに、口だけが開閉した。

こんなのははじめてのことで、千尋《ちひろ》の顔が見られない。

頭がわんわんと鳴っていた。脳がオーバーフローを引き起こしている。

怪《あや》しまれる怪しまれる怪しまれる――

混乱しすぎて彫像《ちょうぞう》と化している直幸《なおゆき》に、千尋は両手を胸の前で絡めながら「あの」と声をかけた。

「計画表、飯嶋くんのこと、考慮しておく。だから」。千尋は同情するみたいに弱々しく微笑《ほほえ》む。

「あまり、追い込まれないでね」

違うのだ。

確かに誓った。手伝うと決めた。味方になった。

可能な限り、無理のない範囲で、女の又《また》に力を入れても良かった。実際、そうしてきた。ただ、破綻《はたん》するとわかってる仕事だ。すでに敗色濃厚《はいしょくのうこう》だ。適当なところでギブをして、できた時間で遊んだり話したりしたって良いじゃないか——

こじあけてみれば、本心はそんな程度のことでしかなかった。

やっとのことで直幸は、その事実に気づいた。

千尋は本当に翌日、日程表を作成してきた。

表はあまりにも細かすぎて、遠目にはまるで網《あみ》を貼《は》りつけたようにも見えた。目を凝《こ》らして確認していくうちに、とんでもない事実を読み取った。

「小早川《こばやかわ》さんこれ、そっちの負担が激増してる」

新しい表では、千尋は早朝も、休み時間も、昼休みも、放課後も、授業中さえ仕事に捧《ささ》げることになっていた。

直幸の仕事は以前より減っているのにだ。

「うん。今までより厳しいのは確かだけど、計画としては穴はないはずよ」

「待って、俺《おれ》は別に仕事がいやだってわけじゃなくて……」

「わかってる。だけど、部活だってあるんでしょう?」

「ある、けど」

わりとどうとでもなる部活が。

「……」

今さら、言える話ではない。

勘違《かん》いされて、配慮された。仕事を減らされ、楽な立場に回されてしまった。

過密スケジュール続きで限界が近い、と思われてしまった、のだ。

本当は、千尋《ちひろ》に比べてずっと楽をしていたのに。

恥ずかしかった。

最初に生徒会室に挨拶《あいさつ》に行った時に味わった、あの羞恥心《しゅうちしん》と似ていた。

「……もっと手伝うよ。俺《おれ》だって係なんだし」

そんな提案をしたところで、負い目も引け目もなくならない。

本当は俺、仕事に対して軽い気持ちしか持ってなかったんだ、部活にもいい顔して小早川《こばやかわ》さんにもいい顔してブログも読んでて全部打算なんだよ。とでも告白しない限り、このしこりはなくならないのだ、きっと。本心をさらけだすに等しい。

そんなことは絶対にできない。

「そう？　ならできる範囲でサポートしてくれる？　大丈夫。うまく算段《さんだん》をつけたつもりだから。安心していいわ。本当よ。いいこと、飯嶋《いいじま》くん？　不可能と思えることでも、知恵を絞って考えれば――」

この二週間後、小早川千尋は倒れる。

タイトル　無題

やるべきことは多い。
そんなことは最初からわかっていた。
味方はいない。
それも最初からわかっていた。
初期状態に、初心に、戻っただけ。
つらいことなんて何もない。悲しいこともない。
最初からひとりだったし、同志はいなかった。
私は廃墟《はいきょ》で三年間を過ごしたくない。
強くなろう。頑張ろう。誰の助けもいらないくらいに。

小早川千尋の朝はやや早い。

六時に起床して最初にすることは、インターネット掲示板を荒らすことである。

世の中、わかってない奴《やつ》が多い。ちょっと揉《も》んでやる。

とにかく連中には、真実を教えてやらねばならないと千尋《ちひろ》は考える。

この掲示板荒らし、千尋の中では『啓蒙活動《けいもう》』『指導』という位置づけである。仕事や勉強がなければ夜中にも実施する。奴らはもっぱら夜に蠢《うごめ》くからだ。

仮に指導がないとしても、ブログ更新や情報収集に同じ時間を費《つい》やす。

よって千尋の睡眠時間は慢性《まんせい》的に短い。

母・小早川美津江《こばやかわみつえ》（四十歳）は、薄暗い部屋で夜十一時過ぎまで眼鏡《めがね》を光らせながらキーボードを叩《たた》く娘の姿を目撃した時のことを「あれは夜叉《やしゃ》であった」と語る。

ひと暴れすると、今度は仕事だ。

クラ代の報告書、各種届け出、委員会活動の準備計画表などを作成する。時間はいくらあっても足りない。

朝食をすませて学校に向かう。

学校では授業以外の時間はすべて仕事に消える。

休み時間には文書作り、昼休みには持ち回りの雑務も入る。些末《さまつ》なことだが一年生は生徒会室と会議室の掃除も担当する。これは昼休みのうちにすませる規則だ。

午後は授業を特例欠席して、人気《ひとけ》のない場所で届出書を十枚単位で書く。

一例として、エアコンは職員室で集中管理されていて、つけてもらうためには週の頭に空調使用許可届出書を提出しなければならない。届出書には週中の使用刻限《こくげん》をあらかじめ書き込む欄があり、指定していない時間帯はどれほど暑くともエアコンは作動しない。エアコン使用目的欄には「暑いから」以外のそれらしき事由《じゆう》をたとえば「来週の小テストに向け我がクラスはいっそうの学力向上を狙《ねら》っていますが暑気《しょき》による集中力の低下云々《うんぬん》」などと記入する必要があり、長時間そんな建て前の捻出《ねんしゅつ》に脳を使っているとストレス汁が脳に絡んでどうしようもなくなる。

こういうことは飯嶋直幸《いいじまなおゆき》が抜群にうまいため、最近はずいぶんと楽ができている。

放課後はクラス代表の仕事がみっちりと入る。

一年の義務である使い走りも激増するため、委員会の仕事にかかることができない。

これに各委員会の定例会議が週一で入る。

帰宅は午後七時前後だが、食後すぐに持ち帰った仕事にとりかかる。

『啓蒙活動』も手を抜くわけにはいかない。

すべてに一区切りをつけて床《とこ》につくのは、深夜の二時や三時となるのが常だった。

そんな生活がしばらく続くと、

「小早川さん疲れた顔してるよ」

直幸がそんなことをよく言うようになりやがて、

「小早川《こばやかわ》さん顔色めっちゃ悪いよ」

になりじきに、

「小早川さん生きてる？　脳みそとか食べたくなってきてない？（恐怖）」

こうなった。

青ざめた顔はゾンビに見えるらしい。

不思議なことに体調は悪くはなかった。

ある朝、学校に行こうと玄関を出たら意識がなくなり、何分かの間、干された布団《ふとん》のように門扉《もんぴ》にもたれかかって気絶していたことがあるが、その程度だった。

若くて勇ましいだけに、危機意識が薄いのである。

その日の五時間目、授業を休んで備品置き場で作業をしている時、昏睡《こんすい》した。

直幸《なおゆき》が発見した。直幸はすぐに教師を呼び、教師は養護教諭を呼び、養護教諭は救急車を呼んだ。救急隊員が現場に到着したところで目が覚めた。

「もう平気です。寝落ちです」

強制連行《れんこう》されて検査された。疲労だということだった。

点滴を受けていると、直幸が見舞いにやってきた。追い詰められたような、蒼白《そうはく》な顔をしていた。

「ど、どうしよう、仕事……」

千尋《ちひろ》は気が気でなかった。計画表を作った彼女には、自分が二日も休めばすべては瓦解《がかい》するとわかっていたのだ。

「大丈夫だよ」

直幸は決意を感じさせる声で言った。

「急に事情が変わって、いくつかの問題が片付きそうなんだ。だから今のうちに疲れをとっておきなよ。まあ、これから対処《たいしょ》しないといけない問題もあるんだけど、たぶんなんとかなるよ。なると思う。なるはず……。ごめん、保証はない。けど、なんとかしてみる。って俺《おれ》、さっきからナントカスルばっかだね……」

直幸は力なく笑う。

その頃《ころ》には千尋の気持ちも落ち着いていた。

誰かが焦《あせ》っていると、自分は冷静になるタイプなのだ。

「意外。飯嶋《いいじま》くんってそういうの嫌いなんだと思ってた」

直幸は苦虫《にがむし》を嚙《か》みつぶしたような顔をした。

「……正直、苦手な考えだよ。希望的観測だけで突撃しちゃうのって」

「私は、希望的観測だけで突撃してたんじゃないわよ？」

「そうだね。でも俺、小早川さんみたいに計画立てるの得意じゃないから……でも頑張るよ。精神論、使いこなしてみるよ。気合い入れて、根性ぶっこんで」

直幸《なおゆき》らしからぬ宣言の数々に、千尋《ちひろ》は目を丸くする。

「飯嶋《いいじま》くん、熱でもあるんじゃ？」

「こっちの台詞《せりふ》でしょ、それ」

「……微熱はある」

「そうでしょ。養生《ようじょう》しなきゃ」

直幸の優しさは不自然だった。理由があるんじゃないかと勘《かん》ぐる。

「桃缶、なのかな」

「え？　桃？」

「わかった。飯嶋くんって、桃缶だ」

「どういう意味？」

「病気した時って、桃缶が出てくるじゃない？」

「……ああ」

納得したようなしていないような顔で、直幸は応じた。

「まあ。これからは、ずっとその桃缶だと思ってくれてもいいよ」

今度は千尋が意味をはかりかねた。

「どういう意味？　よくわからない……」

気の利いたことを言ったつもりの飯嶋が、唇《くちびる》を尖《とが》らせた。だがすぐ気を取り直して、

「とにかくさ、五臓六腑《ごぞうろっぷ》の大活躍、期待しててよ」

「八面六臂《はちめんろっぴ》でしょ、それを言うなら？」

直幸は何かに耐えるように唇を噛《か》んだ。


五臓六腑というのは内臓のことで、転じて腹の奥、本心などを意味することもある。

本心、つまり心だ。

心の活躍をする、というのは、自分には向いているはずだと直幸は思った。

篠山《しのやま》はいい奴《やつ》だし、小沼《こぬま》や関《せき》もいい奴だ。

個別につきあえば、悪質な生徒などひとりもいない。

今までも委員については勧誘らしきことをしたが、ここまで本腰を入れたことはなかった。

そもそも対等と思われた篠山や椎原《しいはら》などに、持ちかけたことはなかった。

そういうことに、着手した。

篠山は困った顔をしていた。

結論が最初から決まっているような、そんな顔だ。

辛抱《しんぼう》強く説得を続けた。しつこい奴、と思われることは避けてきた。だがもう関係はなかった。結局、真剣な顔で「悪い。その気はない」ときっぱり言われてしまった。

色濃い疲労感。

体の疲れというより心の疲弊《ひへい》だった。

友人に商談を持ちかけて関係が悪化すると、こんな気持ちになるんだろうか。

くじけてはいられない。

直幸《なおゆき》は持ち前の器用さで、ひとりひとり、なるべく精神状態が安定しているタイミングをみはからって渉外《しょうがい》を続けた。

数日後、だいぶ血色《けっしょく》の良い顔となった千尋《ちひろ》が通学してきた。

「小早川《こばやかわ》さん、ニュースです」

「まさか、学級崩壊《ほうかい》?」

直幸のもったいぶった言い方に、千尋は世にも悲しげな顔をする。

「……悲観的だよね。じゃなくて、良いニュース。来てくれる?」

後ろに一声かけると、ギャルふたりはばつが悪そうに歩み寄った。

「小沼《こぬま》さん、中目黒《なかめぐろ》さん」

「小沼は文化祭実行委員、中目黒には保健委員を引き受けてもらったんだ」

「え……」

直幸が不安だったのは、千尋がこのクラスの中心的存在のふたりに対して、なにか攻撃的な言動《げんどう》に出ないかということだった。

「本当に？　どうもありがとう、助かる」

杞憂《きゆう》だった。

少し緊張をともなう、ぎこちない態度ではあったが、千尋は誠意いっぱい深々と頭を下げた。

「あー、いや、いいよ。文化祭、楽しみだし」

「飯嶋《いいじま》があんな頭下げるなんて珍しすぎだから、いいもの見せてくれたお礼にちょっとだけ手伝うね」

お互いぎくしゃくとしたものだった。これで仲むつまじくなるとは思えないが、両者の間にか細いつながりが共有されたことは確かで、直幸はそれが嬉《うれ》しい。

「飯嶋くん」

始業直前、隣の席から千尋がささやきかけてくる。

「桃缶、ありがとう」


期末考査が終わり、青息吐息《あおいきといき》だった教室も、そろそろ浮《うわ》ついた気分が盛り返してきた頃《ころ》、試験結果が張り出された。

五科目総合学年三位。

それが飯嶋直幸の、ここ数週間の努力の結果だった。

トップは他クラスの秀才で、学年二位が小早川千尋《こばやかわちひろ》だった。

教室ではしばらく「すげーな飯嶋《いいじま》」「さすがだな」と、普段あまり会話もしない連中から声をかけられて、良かった。建設的だった。

「飯嶋くんって成績良いのね。すごい！」

だいぶ打ち解けたのだと思う。時間がかかったが、その成果がこの笑顔だと思うと感慨《かんがい》がある。小早川千尋が教室に現れるなり、目を輝《かがや》かせて話しかけてきた。

「銀メダリストが何か言ってるよ」

苦笑して応じる。

「銀？　……ああ、そういう意味。だったらそっちは銅メダリストね」

「小早川さんのとこは、こういうので親から何か買ってもらえるの？」

「ないない。成績なんて興味ないみたいだし、うちの親」

「うちもそうなんだけど、せっかくだから交渉《こうしょう》してアイテム順調に増やしてるよ」

「へえ。今回はどんなものを買ってもらうの？」

「まだ決めてない。けど服、カバン、ＰＣ……自分のこづかいじゃ買えないものだね」

成績優秀者同士の嫌みな会話である。

こんなたわいない会話で笑っていられるのも、授業のコマ数が減るのと機を同じくして、生徒会や委員会の仕事も減少傾向となったからだ。

中目黒《なかめぐろ》らがふたつ引き受けたくれたおかげで、負担が減ったことも大きい。

上昇気流だな、と直幸《なおゆき》はつぶやく。

あらゆる物事が良いほうに向かっている。もっといいこと、あるかもしれない。もっとよいことのために、よりよい立ち回りのために、訊《き》くべきを訊く。

「小早川さんは、夏休みの予定は？」

別に変な意味じゃないんだ、と直幸は自分に言い聞かせる。ただの興味本位、友達同士の日常会話にすぎぬ。答え次第では話が弾《はず》んだり膨《ふく》らむこともあろうが、それは予期せぬ盛り上がりなのだ。べ、別に彼女のことが気になっているわけではないのだから――

そんな葛藤《かっとう》。

あれだ、とさらに言いわけを探す。

いろいろあって、ふたりで一緒に乗り越えて、ハラハラドキドキしたから、そのあとの緩《かん》急《きゅう》というかドラマの都合で親密度が高まったみたいなプロットなのだ。少なくとも直幸の中ではそういう展開も許容されていた。

実はライブチケットも予約していた。

積極的なんだか消極的なんだかわからん男である。

いつだか千尋がブログ上で絶賛していたあらびき芸人の単独ライブが、七月の終わりにある。限定百五十人でインターネット上では熾烈《しれつ》な予約合戦《がっせん》があったが、なんとか競《せ》り勝った。

ここまで来れば、あとは最後の仕上げだけである。

「私は全日《ぜんじつ》生徒会ならびに委員会の仕事で学校」

潰《つい》えた。

「キャンセルだな」

「え？　何を？」

無視して、

「全日って本当？　毎日って意味だよ？」

千尋《ちひろ》はきょとんとした。

「そうよ。そっちだって部活はほぼ毎日あるでしょう？　それと似たようなものじゃない」

「毎日ではないよ。学校活動は三分の二以上は休みにしないといけないことになってるはず」

「ああ、それは私が自主的に生徒会と委員会の両方に参加希望出したから」

そうだった。

小早川《こばやかわ》千尋がそういうタイプだということを忘れていた。

規律だとかルールだとか委員会だとか公安だとか国是《こくぜ》だとかそういうものが、彼女は大好きなのである。

「毎日？」

「そう毎日」

「ブルシット」

良い流れ、断ち切られた。

そんな悔しさから、直幸《なおゆき》はお上品な英語のお授業では決して習わないダーティなワードをマウスからアウトプットした。

「どういう意味だっけそれ？」

良い流れの断絶により、レイラインか竜脈《りゅうみゃく》か風水の方面で影響が出たのか、悪い出来事はそれだけでは終わらなかった。

「直幸〜、うち夏休みの委員会って出られないんだけど」

文化祭実行委員を委託《いたく》した小沼《こぬま》が、そんなことを言い出した。

「げ、家の都合？」

「いんにゃ、中学の頃《ころ》のダチと遊ぶ約束しちまった」

胸を張る。

「正直すぎるな、こいつ。どういうことだ？」

「いやあ、嘘《うそ》は良くないっしょ。ヒトトシテ」

「そこは嘘でも家の都合って言ってくれたら、俺《おれ》も嫌な気分にならんですんだ」

「直幸にゃ嘘はつけねーよ」

読まれそうだし、と付け足した。そっちが本音《ほんね》である。

小沼《こぬま》は直幸《なおゆき》の成績を見てから、あまりアプローチしてこなくなった。差がありすぎて気後れしたものと思われるが、ブームが醒《さ》めたと見るべきだろう。

夏休み前のこの時期、巨大で制御不能なハッピーが目前に迫ったこの時期、従来の価値観は色褪《あ》せる。クラスのちょイメン（ちょっとイイなと思ったメンズ）など、今さらどうということもないのである。

「……委員会には俺《おれ》が出るよ。で、新学期にまた引き継ぐ。OK？」

「OK！」

膝《ひざ》を落としながら、自分の目に向けて逆ピースを決めた。

そして直幸は教室を出て、便所に入り、掃除用具を入れてあるロッカーを、ほどほどの力で蹴《け》飛ばした。

ドアが開いて、男子生徒が転がり出てきた。便所に転んで手をつく。

「あーあーあー、きったねーな。何やってんの？　ええと、片山《かたやま》、だっけ？」

あまり話したことのないクラスメイトの男子生徒だ。

背が低くてはしっこくて声が高くて、入学直後はやたら騒いでいた記憶がある。最近はおとなしくなっていたが。

「かくれんぼ」

嬉《うれ》し恥ずかし夏休み。

直幸はこの夏、テニスに身を捧《ささ》げた。結果的に。

「この一球はぁ！」

篠山《しのやま》が叫んで、力強くサーブ。

「絶対無二《むに》の一球なり！」

直幸が叫びつつ、レシーブ。篠山の動きの逆をついてリターンエース。

「ははは、篠山先輩空振りドンマイでーす！」

「くっそぉ！　飯嶋《いいじま》てめぇ！　ノールックで逆に返すなよなぁ！」

笑って地団駄《じだんだ》を踏む篠山。福田雅之助《ふくだまさのすけ》（大正時代の有名プレイヤー）の名言を絡めた一年生同士の気楽なゲームだ。

練習試合を二年と三年と顧問《こもん》が行っている間、一年生は自主練としてコートでゲームをすることが許された。

普段は乱打までしかやってはいけないのだ。

乱打というのは、コートのベースラインあたりでラリーを続けることで、いわばウォームアップのような位置づけの練習である。

こんなチャンスでもないと、一年生はなかなかゲームの感覚を磨けない。

「もう一ゲームやろうぜ」

「悪い、俺《おれ》これから委員会だわ」

「委員会もそういうのあるんだな」

委員会も夏休み活動があることに、篠山《しのやま》はリアルに驚いていた。

「この学校、生徒でも権力握ろうと思ったら握れるから、活動熱心なんだよ」

「兼業楽しそうだな。俺もやろうかな、委員」

絶対やらないはずである。

適当に軽口のリターンだけ返して、直幸《なおゆき》は部室に歩いていく。

うだるような熱さと酸性の悪臭《あくしゅう》がたちこめる部室で、サイフだけ取って校舎外にダッシュ。着替える時間はない。

学生特需《とくじゅ》を思いきり見込んだ住宅街ど真ん中のパン屋に突撃、昼飯を物色《ぶっしょく》する。

夏休みでライバルがいないためか、昼近くだというのにあるわあるわ。

コロッケパン、ホットドッグ、からしハムサンド。ミネラルウォーターと丸いプラカップに入ったコールスローサラダと、少し迷って冷凍みかん缶に手を出す。全品百円也《なり》。

これでも中学時、バリバリのプレイヤーだった頃《ころ》に比べると、食事量は減っている。

歩きながらコロッケパンを紙包みから出して、かぶりつく。咀嚼《そしゃく》しながら、フェンスを乗り越えて敷地内に戻った。ショートカット。

ふと真っ白い校舎を見上げると、一階と二階の間あたりにしがみついたセミが、わんわんと鳴いていた。

セミにとっては恋の季節だ。

直幸にとっては、部活とか男友達と映画とか遊びとか、中学時代のプチ同窓会とか、普通に楽しいことしかない季節だった。

十分じゃん、という声は一切耳に入らない。

そういうものだ。

玄関につく頃には、パンはすべて胃袋に詰め終わっていて、これまた人目がないのをいいことに歩きながらカップサラダをプラフォークでショリショリ食す。よく冷えていてうまい。残ったドレッシングまでチュルッと吸う。

上履きを久しぶりに履いた。

空調など止まっていて、校舎内も部室並みに蒸している。

「やべ、場所……」

確認し忘れていた。

時間だけ覚えていたが、場所がわからぬでは意味がない。

あてどなく廊下を歩いていると、どやどやと歩いてくる女子の集団がいた。直幸と出くわして、とたんに会話がピタリとやむ。やめなくてもいいのに。

瞥見《べっけん》し、知人の顔の有無《うむ》を確認する。

「飯嶋《いいじま》くん？」

見知らぬ集団の中で、小早川千尋《こばやかわちひろ》が目をぱちくりとさせていた。

「こ、小早川さん？」

柄《がら》にもなく、狼狽《うろた》えてしまった。

「お、久しぶり。なに、登校日？」

女子たちが小さく笑う。困ったような顔を千尋はした。

「……言ったじゃない。生徒会の合宿」

「合宿、なんてあんの？」

「あるよ。任意参加だけど」

「でも小早川さんは生徒会役員じゃないじゃん」

「掲示読んでないんだね飯嶋くん」と前置いて「生徒会合宿って、一般生徒でも参加できるんだよ。伝統行事なんだから」

「そうなんだ……」

これでは篠山《しのやま》を笑えないなと思った。

「それ、テニスのユニフォーム？」

直幸《なおゆき》は自分の格好を見下ろす。

「ああ、上だけね。エリのない体操服ってあんま好きじゃないから」

「いいね」

「え、何が？」

小早川ははっとする。ほとんどトレードマークのようなクリップボード（よく見ればデコレート仕様）を、胸に強く抱く。

「……いや、部活楽しそうだなって。それだけけっ」

直幸はなんだかふわふわした、満ち足りた気持ちになった。

「一年だけでだれた部活なんだけどね。ああ、そうだ小早川さん、文化祭実行委員会ってどこでやってるかわかる？」

「図書室よ」

「さすが。助かる」

千尋は直幸に近づいて、すんと鼻を鳴らす。

「ソースのにおいがする」

「ホッペホッペのパンだよ」

イチャついているように見えたのだろう。

「ちょっとやめてよぉ、こんなとこで！」

固唾《かたず》を呑《の》んで見守っていた誰かが言った。

どっ、と女子集団が爆笑する。

ふたりはしばらく自分たちがどうして笑われているのか理解できないでいたが、まず直幸《なおゆき》、次いで千尋《ちひろ》の順番で赤面した。

「違う、そういうんじゃない。違くて」

千尋が必死で弁解するのを、直幸は複雑な気持ちで眺める。

それは恥ずかしさよりも勝って、なんだか悔しかったので、反逆したくなった。リターンエースを決めたくなった。

「小早川《こばやかわ》さん、これ差し入れ」

「ひゃうんっ!?」

冷凍みかん缶を首筋に当てられて、千尋がビクリと跳ねる。

「桃缶じゃないけどさ」

胸元に押しつけて、啞然《あぜん》としている女子たちを尻目《しりめ》にさっさとその場を離れた。

歩いて、角を曲がって、さらに歩いて教員用便所に飛び込んで、大きく息をついた。

「だあああああぁぁぁ……」

両足を踏みならして、ひとり恥ずかしがる。

思い切り格好つけてしまった。よくボロが出なかったものだと思う。あのあと少しでもトークをしようとしたら、しどろもどろになっていた気がする。いや絶対にそうなっていた。危なかった。

いつから自分はこんな不器用になったのかわからない。

楽をしてきたツケかもしれない。

「合宿？　合宿ねえ……」

タイトル　合宿
そろそろ合宿の季節。もちろん参加する。
大切な集まりだ。重要な議題が出る。
さすがにこの合宿に参加するような人たちは、真面目《まじめ》で行事にも熱心な人ばかりだ。
クラスの皆もこのくらい真剣だったら良いのに。
合宿は、任意参加だ。
けどどこのクラスからも、二人か三人は参加者が来ている。
うちは私だけだ。
寂しいとは思わないけど、残念だなとは思う。

生徒会合宿は一泊二日、敷地内の合宿所で実施される。

合宿所は和室の大部屋で、舞台まで備え付けられた、なんだか宴会場のような建物だった。運動部が交代で寝泊まりするための施設なのだという。

「飛び入り参加で、一Bの飯嶋《いいじま》君が来てくれた」

「よろしくお願いします！」

生徒会長の杉森《すぎもり》が、直幸《なおゆき》を皆に紹介してくれた。

生徒会役員＋一般生徒を合わせた参加者はかなり多く、教室がふたつ埋まるほどの人数がいた。

その集団の中で、親しい友人もなく若干《じゃっかん》孤立《こりつ》気味にぽつねんと座っていた小早川《こばやかわ》千尋《ちひろ》が、びっくりしたような顔を直幸に向けていた。

「じゃあ、いったん家に帰ったの？」

とすぐ隣で、千尋が呆《あき》れかえる。

「ああ、風呂《ふろ》入れるかわからなかったし、着替えたかったし」

「飯嶋くんって……読めない」

「行動原理は至極《しごく》単純だよ」

「そうなの？」

「たぶん……」

「どんな原理？」

「まあ、一応副代表ですから、こういうのに参加するのもアリかなってのと、あとは小早川さんひとりに負担かけるのは気が咎《とが》めるかなってのと……などなど」

「気持ちは嬉《うれ》しいけど、これクラスの仕事とは関係ない、自由参加なんだけどね」

舞台上では、生徒会役員がひとりひとり与えられたテーマに基づいて、順番に講演している。生徒会という仕事の意義、校則の見直し、課外活動への取り組み、組織の運営、反省点。多岐《たき》にわたる、問題意識。

役員も聴衆も、みんな熱心に傾聴《けいちょう》している。

生徒会も熱心なんだな、とはじめて触れる世界に直幸は敬服《けいふく》する。しかし意識の大半は、千尋に向けられていて、小声でかわされる会話は決して途切れない。

「熱心なんだか無関心なんだか、よくわからない人」

「部活やってるから、それ言われるとつらいな」

本気で学校を是正《ぜせい》したいわけではない。

ここにいる理由をひとつ挙げるとすれば、千尋の存在があるからだ。そこに一Ｂに対する複雑な気持ちというのも、いくらかは加わる。

「小早川さん、こっちに友達っている？」

「こっちって、生徒会にってこと？」

意外な質問をされたとばかりに、千尋《ちひろ》。

「クラ代会議でもいいけどさ。いや委員会でもいいし」

「考えたこともなかった。友達、とまで言える人はいないいんじゃない？」

「え、ひとりも？　昼間の廊下の子たちは？」

「あれは集団移動中だったから。みんな一般参加の子たちよ」

「それってさあ、まさか無視されてるんじゃないの？」

「されてないわよ。仕事のことは普通に話すもの」

直幸《なおゆき》はじっと千尋を直視した。

「……それ、きつくない？」

「どうして？」

素《す》で返された。

気にならないのだ。あまり、そういうことは。

友人のいない学校生活なんて考えられない直幸は、カルチャーショックを受けてまじまじと視線を注ぎ続けた。

「だってそうでしょ？　仕事をしに来てるわけだし」

「やっぱ、小早川《こばやかわ》さんってひと味違うね……」

ブログを閲覧《えつらん》していなかったら、聖人君子《せいじんくんし》だと勘《かん》違いしていたところだ。

……でもそうだったら、たぶん彼女を気にすることはなかった。

「ひと味違うのはそっちでしょ。こんな飛び入り参加するなんて」

千尋は柔らかく笑う。

口調では責めていたが、気持ちでは咎《とが》めてはいないようだ。

役員の講演が終わると、学校行事に関するプレゼンがあり、学年別の討論会へとプログラムは移った。直幸も千尋とともに一年生グループの輪に加わり、ディスカッションに参加した。

直幸はほとんど挙手できなかったが、千尋は臆《おく》することなくガンガン発言した。

大半の参加者が、率先《そっせん》して手を挙げていたことに直幸は驚いた。

クラスとはまったく空気が異なっていた。

熱意ある討議は、テンポ良好だった。

予定されていたすべての議題が消化され、夕食。なごやかな雰囲気の中、配られた仕出し弁当を各自思い思いの場所で食べた。

結局、風呂《ふろ》は備え付けられていた。

男女別学年別に時間をわけて入ることになってて、その間は自由時間となった。

将棋をさす者、話し込む者、横になる者、いろいろいた。

千尋が風呂に行っている間、杉森《すぎもり》が話しかけてきた。

「飯嶋《いいじま》君は、もう少し積極性があると良いかもしれないね」

さすがに長だけあってよく見ている。低頭《ていとう》するほかなかった。

ひとりひとり講評して回っているそうで、杉森《すぎもり》はすぐに移動してしまった。

「積極性、ねえ……」

教室での直幸《なおゆき》に、積極性がないと言う者はいない。

でもここでは、言われてしまった。

不思議な気分に陥《おちい》ってしまった。

全員が入浴をすませ、しかし寝るにはまだ早いという頃合《ころあい》になると、直幸は千尋《ちひろ》を誘った。

「花火、持ってきたんだけど、やらない？」

「え、花火？　いいけど……許可とらないと」

学年関係なしに車座《くるまざ》になって、生徒会の引き継ぎについてなおも熱く答弁を交わしていた杉森に談判《だんぱん》した。遊びの談判は、ここでは少し勇気のいる行為だ。

「花火か。地面に固定するものや、極端に大きな音を立てるものは、以前近所からクレームがついたことがあって許可できないが」

「手持ちの、おとなしめのやつばかりです。ロケット花火、ドラゴン系、ネズミ花火なし」

「煙幕玉《えんまくだま》もまずい」

「それも抜きました。近所迷惑系はひととおり」

「なら許可は出せるけど、ほかのみんなもやりたがるかもしれないね」

直幸は壁際に置いた、テニス部遠征用の七泊八日仕様ボストンバッグを示した。バッグはぱんぱんに膨《ふく》らんでいる。

「みんなの分、あると思います」

杉森は微笑《ほほえ》んだ。

「周到《しゅうとう》だね。そうか、君はそういう人間なのか」

「そういう人間なんですよ。浮いてる奴《やつ》でどうもすいません」

「いろいろな人間が必要だよ。どれ、せっかくのご厚意だ。芝崎《しばさき》君、希望者をつのってあげてくれるかな」


「はい」

台にセットしたろうそくを、足下に置く。

真剣な顔の千尋《ちひろ》が、おもむろに手持ち花火に着火する。

たちまち、パチパチと火花が散り、ススキ状の輝線《きせん》を描《えが》く。

「わ」

千尋が笑う。たちまち子どもっぽくて、懐《なつ》かしくて、むせるようで、でも決して不愉快じゃない夏の匂《にお》いが立ちこめる。

グラウンドの中央で、生徒会軍団はまばらに広がって、花火を楽しんでいた。

住宅街への配慮《はいりよ》があるのか、けたたましく騒ぐ者はひとりもいない。二人か三人の小さなグループを作って、のんびりと色とりどりの輝《かがや》きを眺めている。

提案者である直幸《なおゆき》も、千尋《ちひろ》とふたりでいた。

「こんな大量の花火、どうしたの？　お金かかったんじゃない？」

「銅メダルのお祝いにねだった」

悪戯《いたずら》がバレた小学生みたいにニヤつきながら、直幸が告白した。

「はあ!?　何それ！」

開いた口がふさがらない千尋。

「せっかくのごほうび、こんなことに使っちゃったの？」

「数万円したらしいよ。自分のものをひとつ買ってもらうより、爽快感《そうかい》はあったね」

「あっきれた」

「いいんだ。小早川《こばやかわ》さんには、火が似合う」

「それ、どういう意味？　火が似合うとか似合わないとかあるの？」

はてな、と首が傾く。

ああ、やはりな、と思う。

「小早川さんって、教室とちょっと印象違うね。ここだと、表情が豊かだ」

「そう、かしら？」

「無意識でそうなってるんだと思うよ。やっぱり、身構えてるってのがあるんじゃないかな、教室だと。で、こっちが本来の小早川さんの素《す》、みたいなさ」

「……あるかも」

あの狭苦しい空間に思いを馳《は》せたのか、千尋の面差《おもざ》しは少し曇る。

「私、浮いてる、よね？」

教室でのことだろう、とわかる。

「浮いてるね。仕方がないことだろうけど」

花火の最後の瞬《また》きが、ぽとりと地面に落ちて消える。筒を水バケツに突っ込み、次の花火をろうそくにかざす。

そんなことを、延々と繰り返している。

「小早川さん正義感強いから、あのクラスに向いてないんだよね」

千尋は沈思《ちんし》している。

直幸だけが喋《しゃべ》り続ける。

「でも一Bではうまくやれてる俺《おれ》が、ここでは逆に浮いてたりする。そういうもんなんじゃない？」

「飯嶋《いいじま》くん……」

「俺《おれ》も最初は、小早川《こばやかわ》さんの杓子定規《しやくしじようぎ》はきついなと思ったけど、生徒会の人たち見てると、むしろそっちのが正常なのかなって思える。うちのクラスも、行事とかの取り組み、大概《たいがい》だからね。まあ、あまり気にしないほうがいいよ。今は落ち着いてんだし」

直幸《なおゆき》は笑う。笑い話で終わらせるつもりだった。

「……中学の頃《ころ》ね」

千尋《ちひろ》のリターンは、予想外に重いものだった。

「教室が廃墟《はいきよ》になったの」

「廃墟？」

手元の花火を千尋は眺めている。

さっきまで微笑《ほほえ》んでいた顔に、今は陰りがある。

「学級崩壊《ほうかい》って中学でも使う？　とにかく、そういう状態になったの」

教師を侮《あなど》り、指示を無視する。

好きな時に来て、好きな時に帰る。

行事に参加しない。参加しても騒動を引き起こす。

いじめや悪戯《いたずら》が横行《おうこう》する。

日常的に、これらのことが起こる状態になったのだという。

「不良ばかりだと思うでしょ？　そんなことは全然なかった。みんな普通の生徒だったの。二年でクラス替えをして、最初の頃は本当に明るく楽しいクラスだった。その頃は何の問題もなかった。けど気がついたら、そうなってた。どう思う？」

「……言いにくいけど、似てるな。うちと」

そう、と首肯《しゅこう》する千尋。

「三年の終わり頃には、教室はまともに機能してなかった……やる気のある一部の生徒は、自主勉強や補習で頑張ってた。教室の外でね」

「なるほど廃墟ね」

直幸は滅亡《めつぼう》した都市に、モヒカンに肩パッドの盗賊《とうぞく》が住み着いているような光景を連想した。住人には違いないのに、帰属《きぞく》意識がない、という。

「そうなってしまった原因はいろいろあるんだろうけど、最後の一線を放棄したのは私。だから廃墟になったのは、私が屈したせい」

「うえ？」

ごろっと大きめに懺悔《ざんげ》をされた気がして、狼狽《うろた》えた。

「中二からずっと級長だった、んだけど」

つかえつかえに、力なく、

「うまく注意できなくてね。したことは、あるんだけど」

とうに終わってしまった花火に、千尋は目線を落とす。

「友達がいたりとかして、なあなあで。一度強めに注意したことはあるんだけど、すごく怒られて、先生に相談しただけでチクりとまで言われて。友達だと思ってたのに、瞬間で壊れちゃって。なんか私が悪いみたいな空気できちゃうし……頑張れなくなっちゃった」

「そういうところも、うちと似てるね。って言っちゃうのは、アレかもだけど」

「全然！　だって、私がもう妥協《だきょう》しないつもりだから」

キッと眼鏡《めがね》の位置を直す。

「大衆は愚民《ぐみん》で、無知蒙昧《むちもうまい》の徒だものね！」

「……こじらしたもんだねぇ」

軽々と生きてきた直幸《なおゆき》には、少し理解しにくい境地だ。

ドラマとかで視聴するぶんには、かっこいいと主張できるのだが。実際にやるとなると、話は別だ。たくさんの障害があるはずだ。場の空気とか。

「人民は解放を求めていると思うの。衆生《しゅじょう》を救済するのが、（学級）活動家としての役目でもあるものね」

「……言葉は選ぼうね」

「とにかく、今度は折れない。折れたくはない。……最初に、高校に出てくるの勇気いったけど」

「あ、もしかしてそれで遅れて？」

彼女が最初の数日を休んでいたことを、直幸は思い出した。

「でも頑張って来てみた。そしたら」

「……同じ空気だったんだ」

千尋《ちひろ》はこくりとうなずく。

「中学の二年間と高校の三年間って、大事な時期だと思う。そんな時期を、私は廃墟《はいきょ》で過ごしたくなんかない。生徒会には同じ考えの人がいてくれて、良かった」

自分はどうだろうか。直幸は考える。

同じ状況に直面したことはないが、一Bは確かに、少し危《あや》ういところがある。周囲の皆が、無軌道《むきどう》に振る舞いだしたら……自分は逆らえるだろうか？

「私、生徒会長になりたいの」

千尋が告白する。

「クラ代より大きな権力を使って、それで、クラスを守りたい」

直幸の体を、電流が貫《つらぬ》いた。

本気か、とまず思った。

本気なのだ、とすぐに理解できた。

「でもひとりじゃできないこともあるって、わかっちゃった。だから」。千尋は指先を絡めあわせる。「手伝って、くれると嬉《うれ》しい」

真っ先に。

仕事が増えるだろうな、と直幸《なおゆき》は思った。

そして恥もかくだろうな、とも予感した。

奔走《ほんそう》することになるだろうな、とうんざりした。

でも、そういうふうに助けを求められたことに、痺《しび》れた。

心の距離、縮まった。そのことがわかった。

「いいよ」

上擦《うわず》った声が自分のものじゃないみたいに響いた。

「小早川《こばやかわ》さんの野望、手伝うよ」

千尋《ちひろ》のまとう空気が、パッと華やいで、そして——

「ありがとう……飯嶋《いいじま》くんって、同志ね！」

三章

黒板には『文化祭の出し物について』と板書されていた。

「何かやりたいこと、ないですか？」

直幸《なおゆき》はそんな質問を、もう二十回も繰り返している。

生来《せいらい》の神経質。

最初は言い回しが毎回違うものとなるよう気を払ったが、そのうちどうにも虚《むな》しくなって同じ台詞《せりふ》を連呼している。

ぞんざいになるのは、誰からも反応がないからだ。

一Ｂの教室は、ざわついていた。しかし、そのすべてが雑談である。

壇上に立つ直幸は、その呼びかけも含めて無視されていた。

最前列の席で、千尋《ちひろ》がちらりと目を上げた。鋭《するど》く目は語る。

助けようか？

直幸は鷹揚《おうよう》にかぶりを振る。

炎上するからや・め・て。

「……」

感情を隠したような顔で、千尋は書類の空欄を埋める作業に戻っていく。

さて、どうしたものか。

直幸は埒《らち》が明かないこの状況で、次の一手をどう指すべきかじっくり考えた。

どうせ誰もこっちを見ていない。人前で話す時には誰でも多少は緊張するものだが、一Bで司会進行をやる限りそういうことはなくなった。

無関心というものは、ある意味、気楽なのである。

そしてふと、扱いが軽くなっている、と実感する。

昔は、直幸が壇に上がれば全員協力的な態度でいてくれた。入学直後は。しかしその魔法めいた共感も今は希薄《きはく》なものとなり、かつての全能感は失われている。

残り時間は二十分。

休み時間になったらクラスは最低限の秩序さえ投げ捨てて、ビッグバンを引き起こす。

こうなったら気は進まないが人脈を駆使《くし》するしかない。

友達に頼む行為も、できれば濫用《らんよう》は避けたいところだが、仕方なかった。

「小沼《こぬま》、なんでもいいからやりたいこと言って」

げー来たーという顔をされた。

「なんであたしに訊《き》く?」

「元文化祭実行委員さんだから」

そうなのである。

小沼は結局、文化祭実行委員を辞したのである。

あの出来事を思い出すと、直幸は限りなく透明なブルー、憂鬱《ゆううつ》になる。

図書室で千尋《ちひろ》と嬉《うれ》し恥ずかし勉強会をしていた時だった。

野生の猿の群れが乱入してきて、騒々しく鳴き声をあげながらグルーミングやドラミングをおっぱじめた。猿とはそういうもので普段ならどうとも思わないが、なにぶん場所が場所である。

同じ霊長目《れいちょうもく》として一言注意してやるかと目を移すと、猿は小沼《こぬま》や椎原《しいはら》といった一B女子グループの面々だったことが識別できた。中目黒《なかめぐろ》と小沼には、委員を引き受けてもらった引け目がある。言いにくい、空気だった。

千尋は空気を読まなかった。

つかつかと歩み寄り、必要なことを告げた。

世間的評価では「当然の行動だな」「立派だな」「むしろためらった飯嶋《いいじま》がクズ」と評されるところだが、現実の正しき行《おこな》いは怨恨《えんこん》と地続きである。

小沼と中目黒は、委員会の件を反故《ほご》にした。

しかも辞意を表明することもなく会合をすっぽかしたため、千尋らは迷惑を被《こうむ》った。

事ここにいたってようやく直幸《なおゆき》は動く。

「引き受けてやったのに文句言われて、ムカついたので、やめた」

と言い切った小沼はまだ堂々としたものだが、

「私は別に不愉快じゃなかったんだけど、みんな怒ってたから、無理かなって」

のらくら言い放つ中目黒のほうは、主体性の欠片《かけら》もなかった。

こうして、風紀委員会は直幸の担当として差し戻された。

「まーだ怒ってんの？　飯嶋最近短気だよ？」

「……怒ってないから、なんか意見くれよ」

淡々と直幸は告げた。

無論《むろん》、怒っている。表に出していないだけだ。

直幸の怒《いか》りは、千尋のような火属性《ひぞくせい》ではなく、心の底で氷のように凍《い》てついている。

「篠山《しのやま》なんかない？」

「正直すまん、ないわー」

「えーと、じゃあ宇賀神《うがじん》どう？」

「ダンス！」

机をガタガタ揺らしながら、飲酒停学女が喚《わめ》く。

「ダンスの何？　ダンサー教室とかか？　クラブみたいなの？」

「ダンス踊るっしょ！」

「今日《きょう》も本能だけでもの言ってますよねぇ宇賀神さん」

クラスメイトらが笑いさざめく。

こういう流れは無視しないのだ。

宇賀神《うがじん》は馬鹿《ばか》なりにパワフルな女で、なかなかの人気者だ。友達としてではなく、道化としての人気であるが、本人は気にしていない。そういう人間である。

宇賀神のような者が集まって無政府状態というなら、まだ納得もできた。

「だいぶあったまってきたけど、ほかの意見ある？　楽しい楽しい文化祭ですよー」

椎原《しいはら》が手を挙げて、勝手に喋《しゃべ》る。

「マンガ喫茶とかでいいじゃーん」

「飲食店ですか」

直幸《なおゆき》は渋い顔をする。嫌なのではない。やる気があるならいくらでも協力するつもりだ。ただ——

「飲食物を出すなら、クラス全員検便なんだけど、ＯＫ？」

「……ふっざけんな」

「そこさえＯＫなら、わりとなんでもできるんだけどな」

「検便なんて無視しちゃえばいーじゃん？」

通るかそんなもん、と内心だけで毒づく。

「なんか面倒なもんだな」と篠山《しのやま》。

中学の文化祭では、模擬店《もぎてん》はやっていなかった者が多いのだろう。

検便という一言で暖まった空気はまた冷えてしまった。

「言っとくけど決まらなかったら放課後、話し合い持ち越しだからね？」

教室中から、不満の声があがる。

「だから嫌なら意見出そーや。とりあえず、一般的なところでお化け屋敷、輪投げとかのゲーム大会、教室演劇、人形劇とかもありだな。ちょっとお堅いところでは研究発表。検便も辞さないなら、さっきのマンガ喫茶やネットカフェ、一クラスだけで屋台村《やたいむら》とかもありだ。同じ飲食店でも内装を凝《こ》るとかで、いくらでも差別化ははかれる。ターゲットを家族連れにするか同世代にするかでもアプローチは違ってくる。小学生向けにミニカーレース大会するとかな」

ふたりの生徒が、同時にあくびをするのが見えた。途端に喋る気が失せた。

話し合いが結論を得ないまま、チャイムが鳴る。

「あー間に合わなかった！　悪いけどみんな放課後居残りな！　部活とかあるだろうけど、これ今日《きょう》締め切りだから絶対帰らないでな？」


トイレに行ってる隙《すき》にエスケープされた。

「イズディス!?　みんなは？」

「帰った」

近頃《ちかごろ》めっきりジト目で安定しつつある千尋《ちひろ》が、組んだ腕ごと机にのせるデキる秘書のポーズで冷淡に告げた。

「だぁっ！　やられた！　くっそくっそっ！　サノバビッチ！」

「それ。どういう意味だっけ？」

「絶対に調べるな」

清らかな世間知らずの独裁者《どくさいしゃ》でいてほしかったため、つい凄《すご》んだ。

「……飯嶋《いいじま》くん、たまにちょくちょくこわい……」

涙目で英和辞書をしまう。

「そんなことよりも。え？　マジで？　だって締め切り今日《きょう》って言ったじゃん？　これ決まらなかったら、うちだけ空っぽになっちゃうのに……それでいいのか？　みんなそれでいいのか？　たくさん外来が来るんだよ？　空っぽは恥さらしだよ？」

「飯嶋くん。クラスの中にいる限り、外の常識というのは見えにくくなるものよ」

「そりゃそうだけども、さあ」

いくらなんでも、と思うのだ。少しは信じてやりたいのだ。

親しい友達や、パワフルな馬鹿《ばか》仲間が、最後の一線だけは守ってくれると。

やんちゃだけど、根はいい奴《やつ》。

そのゾーンにとどまってほしいのだ。

「一応、止めはしたけど、誰も耳を傾けてくれなかったの」

千尋《ちひろ》はくいと眼鏡《めがね》の位置を直した。

「……最近冷めっぱなしだね、小早川《こばやかわ》さん」

「冷めてるもの。氷の女だから、私」

「いや、君は炎の女だよ」

「どうして？　というかそれ、たまに言ってるけど何……？」

そういえば最近、あの錯覚《さっかく》を見ていない。伝説の、炎の剣。

「思春期の少年の心に訪れた、一瞬のイリュージョンだったのかもな……いや、だからそんなことよりもだよ。一Ｂの文化祭は終わったというコンセンサスを得たということでよろしいでしょうか？」

「落ち着いて飯嶋くん。いつものことじゃない。私たちはここからでしょ。大丈夫、考えなしに皆を見送ったわけじゃない」

千尋はカバンからＣＤケースを取り出した。

「それは？」

「私が編集した、動画サイトとかに投稿されてる他校の文化祭記録映像集。動画サイトって小《こ》癪《しゃく》ね」

「そうかな？」

「こうなった以上、まずはふたりで準備が進められる出し物がないか、調べてみましょう」

「また連中の尻《しり》ぬぐいを全部俺《おれ》たちでやるのか……」

ふたりは生徒会室に行き、そのほかの役員が仕事をしている横で、パソコンでDVDを再生した。

そして三十分ばかりの時が、静かに流れた。

「……無理だ」

「……やっぱり、そう思った?」

実にひどいDVDだった。

「なぜ彼らは教室でジェットコースターなんてやろうと思ったのかな……?」

「そしてなぜそれを実現するのかしら……?」

「和風庭園って、本当に砂利《じゃり》敷いちゃってるんですけど……?」

「中華飯店の内装、本気すぎない……?」

「不思議の国のアリス喫茶すごすぎる! 教室の面影《おもかげ》残ってないってこれ!」

「教室をオペラ劇場にしてしまうのは校則違反なのでは!?」

「この新兵訓練所って軍隊式射的《しゃてき》、本格的すぎるし発想がツボすぎる……」

「ジオラマ敷き詰めてガリバー旅行記ってアイデア勝ちってより労力勝ちよね……」

想像を絶する現実である。

文化祭はショボい。そんな印象は粉みじんに砕かれた。

やる気のある学校の文化祭は、半端ないのである。

そういう意味で、誠に救いのないＤＶＤであった。

「うう、ジェット……コースター……ジェット……じぇえ」

「しっかりして飯嶋《いいじま》くん！　ジェットコースターに魂《たましい》を奪われてはだめ……あれはイリュージョンよ！」

肩を強く揺すられ、直幸《なおゆき》は我に返る。

「すげえ楽しそうっすよ！　なんなんだこいつら！　クラスが一丸《いちがん》となって文化祭に取り組んでる！　どうやってクラスをこのモチベーションまで導《みちび》いた？　ああ、それが知りたい……」

「ね？　そう思うよね？　ね？」

「これは見ないほうが良かったレベルだな……過酷すぎる」

「でもこの中から、ふたりでできることを探さないと」

「いや、なかったよそんな要素は。どこにもね。これほどもね」

「……やっぱり、そうよね……」

千尋《ちひろ》は唇《くちびる》を噛《か》み、眼鏡《めがね》を曇らせながら二枚目のＤＶＤを取り出した。ラベルに『妥協《だきよう》する時用』とマジック書きされていた。露骨《ろこつ》だった。

ふたりは押し黙って二枚目の動画を視聴した。

蒼白《そうはく》だった頬《ほお》に、みるみるうちに赤みと微笑が戻ってきた。

「……研究発表ってほっとするよねえ」

「……紙に写真貼《は》って文章書いて張り出してるだけだものねえ」

「……やきそば屋台《やたい》って実に素朴《そぼく》だなあ」

「……飾り気がないところがいいわよねえ」

「……なんだよー、ドリンクバーとか言って机並べて花瓶《かびん》立てて、メニューはコーヒー紅茶にジュースだけって。ははは、工夫なさすぎ」

「……あまり凝《こ》ったことできないありのままの自分を見てって感じよねえ」

下を見て安心するふたりだった。

この場合、幸か不幸かは判断が難しいところである。

「こんなんでいいんだよ、高校生なんだし。そうでしょ小早川《こばやかわ》さん?」

「ええ、そうね！　きっとそう！」

「まあ素朴系といっても、さすがにふたりだけでできないことも多そうだから、よく考えないと」

「飲食系はなしとして、妥当《だとう》なのは――」

ふたりの目が、サムネイル上のひとつの動画に吸い込まれる。

研究発表。

模擬店《もぎてん》禁止の中学で育った者にとって、文化祭といえばこれである。

最悪ふたりでも実現可能で、クラスが一丸《いちがん》となって学級崩壊《ほうかい》させてますという現実を覆《おお》い隠せる唯一《ゆいいつ》の選択肢でもある。問題点があるとすれば。

……つまらない。

ただその一言に尽きる。

面白い研究発表もなかにはある。それは理解している。侮辱《ぶじょく》するつもりはない。きっと有《ゆう》益《えき》かつ娯楽性に富み耳目《じもく》を集める展示もあるのだろう。どこかに。見たことはないが。

「しかも研究発表はそれなりに苦労するよね」

「うん……」

テーマによっては、それなり以上に苦労もするはずだ。

で、それを紙に書いて写真を貼って教室に展示して……読んだ人には褒《ほ》めてもらえるものにできたとして……それで。

「ごめん、俺《おれ》モチベ上がんないそれ……」

「あやまらなくてもいいよ。私もだから……」

ふたりは同時にふう、と溜息《ためいき》をついた。

「研究発表を抜いて、ふたりで準備が進められるものといったら、ひとつしか思いつかないんだよね」

「当ててみせましょうか?」

ふたりの声がかぶる。

「「休憩室」」

そして同時にまた、ふう、と溜息《ためいき》をつくのだった。

「休憩室って、いやよね」

千尋《ちひろ》はしみじみと述べた。

直幸《なおゆき》も同意する。

「あの机とかほかにどかして、椅子《いす》だけ並べて、入り口の張り紙には『ご自由にご利用くださ い』なんて書いてあるけど誰も入らないまま、身内だけがだべってて、またそれでさらに人が入りにくい雰囲気になって、僕らはやる気がないクラスですって暗に主張してるところがなんともいえずいやだよね」

「そうそう！」

千尋はわかるわかると激しくうなずき、直幸の手を両手で取った。

それは思いの外《ほか》、ふんわりとしていた。ひんやりともしていた。女の子の体温は、男より低いのだろうか？

「まさに廃墟《はいきょ》よ、あんなの！」

「……でも休憩室は、一番現実的なプランなんだよね、悲しいことに」

「やめて！　言わないで！」

理想と現実がふたりを苛《さいな》んでいた。

「でもよく考えたら、ほかのクラスだってたいしたことはやらないかもしれない」

冷静さを取り戻した直幸が、そこに気づいた。

「わからないわよ、そんなの文化祭準備期間に入るまで」

「いや、わかるよ」

ふたりは目を合わせる。そして同時に、背後を見やる。

生徒会長の杉森《すぎもり》は、電卓を叩《たた》いていたその軽《かろ》やかな指の動きを止めた。

「……まあ、いずれそういう話になるだろうとは予測していたよ」

と書類の束《たば》を机の上に置く。

「ほかの者には内密に頼むよ」

他クラスがどのような出し物をするかを記入した、本日締め切りの申請書《しんせいしょ》だった。

「ありがとうございます生徒会長！」

ふたりは奪い合うようにして、他クラスの出し物をスパイする。

●二年A組……水族館
教室に水槽《すいそう》を設置し、水族館を実施します。生徒が飼っている熱帯魚、約七十種類を展示。また市内の熱帯魚専門店(本校ＯＢ経営)と提携《ていけい》し、『はじめての熱帯魚ハンドブック』を自費出版物形式で配布予定。

●三年C組……手作りアイスクリーム屋さん

教室に業務用機材をレンタルし、アイスクリーム喫茶をやる予定です。

●一年D組……プラネタリウム

教室全体を用いたプラネタリウムです。中学時代に同じ出し物を作った経験者が何人かおり、かつ天文科学館勤務の父兄からの協力をとりつけました。回転する土台を設置するため、大規模な工作が必要です。審査お願いします。

「……どこも気合い入れちゃってくれてるな」

放心気味の直幸《なおゆき》をよそに、千尋《ちひろ》は申請書《しんせいしょ》を素早く繰《く》る。

「休憩所なんてどこもやってない……どこも本気よ」

直幸は笑った。

「いっそのことさ、もうそのままの教室で放置してさ、タイトルは現代の廃墟《はいきょ》ってのにして、前衛芸術展示ってことにしちゃおうか？　もしかすると海外から視察に来た大物美術関係者に評価されて賞とれるかもよ？」

「そんなわけないでしょしっかりして飯嶋《いいじま》くん！」

「ははは、こりゃ傑作だ、グラミー賞って何の賞だっけ？」

　大事なねじが外れでもしたかのように、直幸はあはあは笑い続けた。

　ビンタされた。

「あいたっ！」

「暴力ではなく気付けです」

「ああ、受理する」

　千尋は平然と告げ、杉森《すぎもり》も涼しい顔で受けた。

「あれ、俺《おれ》？」

　いつものテンションに戻った直幸に、千尋は言い聞かせるように語りかける。

「いいこと、飯嶋くん。廃墟を展示しても海外の大物美術関係者は見に来てくれない。世界のシーンに旋風《せんぷう》を巻き起こすこともできない。ただ学校の伝説としては残るから、私たちはしばらく恥ずかしい思いをすることになるでしょうね」

「そ、そうだ。そうだよな……」

　膝《ひざ》の上に力なく置かれた直幸の手が、上から優しく覆《おお》われた。

「一緒に頑張ろう」

　こういうのも、いいもんだな。不謹慎《ふきんしん》だなと思いはしたが、正直な感想だった。ふわふわして、とろとろしている。木訥《ぼくとつ》で実直《じっちょく》で打算がない。

ふと教室を想《おも》った。千尋《ちひろ》の言うところの廃墟《はいきょ》についても。

廃墟の中で、猿人めいた生徒らが棍棒《こんぼう》をかついで携帯をいじる姿を幻視《げんし》した。

携帯メールが来たら、遅くとも十分以内にレスをしなければならない。

互いに褒《ほ》め合わねばならない。

その際には、大げさな表現を乱発し相手を大きく立ててやらねばならない。

皆でおそろいでなければならない。行動でも、遊びでも、人としての水準でも。

そして愛想笑《あいそ》いと演技力。

その中に、今までいた。

いや、きっと今でもいる、片足一本分くらいは。

捨てられるか?

……いや、捨てられない。

そんな単純で簡単なものじゃない。少なくとも直幸《なおゆき》にとって、篠山《しのやま》や小沼《こぬま》らは今でも友人ではあった。友人なのだから多少のことは大目に見る。普通、のはずだ。普通のはずが、どこからかねじれておかしくなってしまう。

教室のことが、よくわからなくなる。

「悪いが君たち、そろそろ六時なので申請書《しんせいしょ》のほうをまとめてもらえるかな」

杉森《すぎもり》の落ち着いた声。思考を破られ、直幸の胸に焦燥感《しょうそう》が染みをつくった。

「もう六時だったのか」

「あ！」と千尋が悲鳴を発する。「テニス部の部活！　出なくてもいいの？」

「あー……まあ、今日《きょう》はもういいよ。今から出ても終わってるし。それに顧問《こもん》は俺《おれ》のこと甘やかしてるから、あとでどうとでもなるんだよ」

「公式戦とか出てた人って露骨《ろこつ》に優遇《ゆうぐう》されるのね……」

「結果がすべてだもん。年功序列のが強い掟《おきて》だけど」

とりあえず直幸は未記入の書類を机に置き、ペンを手に取った。

「どうするの？　いいの、あった？」

顔を寄せてくる。

小早川《こばやかわ》千尋に頼られるのは嬉《うれ》しい。

だがアイデアなんてありはしない。だがもう決めねば。

ふと教室を想った。

ふたりで用意できるものは、教室という廃墟だけだ。

だから。

教室をそのままに近い形で利用する、出し物にすればいい。

考えて、ペンを走らせた。

千尋《ちひろ》がえ、と小さく驚く。

杉森《すぎもり》が席を立ち、興味深そうに覗《のぞ》き込んできた。

「なるほど」

感心したように短くコメントした。

あの花火レクリエーション以来、生徒会長から寄せられる独特の期待に、今回もまた応《こた》えてしまったようだ。

通学してくると、正門のところに土台と足場が組んである。

それが文化祭準備期間に突入したという合図である。

文化祭の十日前になると、待ち構えていたようにこの出来事は起こる。

この日より、授業は短縮、放課後の八時までの居残りと施設の利用が許可され、申請《しんせい》をすれば三日前からは宿泊も許可される。

前夜祭の雰囲気が、学校全体を包む。

直幸《なおゆき》はこの空気が嫌いではない。

こういう空気の時、授業はあっという間に終わる。

午後の授業がないため、生徒たちの退《ひ》けは早い。

千尋と学食で昼食を一緒にすませ、生徒会室に立ち寄って戻ってくると、もう全員いなくなっていた。

「掲示してあるのにねえ」

毎度のこととはいえ、『本日より文化祭準備期間！　放課後残れる人は教室で作業を手伝ってください』という張り紙は華麗に無視されたかたちだ。

「明日《あした》は反省会ね……」

千尋が「やったね！　明日はホームパーティーだ！」を三段階ほどローテンションにしたみたいな声音《こわね》で言った。暗い炎を背負っていた。

「まあ、お手柔らかにしてやってな……それより、計画書を作ってしまおう」

ふたりきりの教室で、文化祭の準備にとりかかる。

出し物については、生徒会の許可はおりていた。

「机は全部並べたままでいいの？」

「いや、一部だけでいいような気がするな」

「内装はそれでいいとして、掃除は徹底しとかないといけないわね」

「お客さん来るからか。ああ、それも自分たちだけでやらないといけないのかな……」

「ワックスもかけなきゃ」

「いっそ業者でも呼びたい」

「そういうのはきっちり生徒会で弾《はじ》いてくれるわよ。杉森《すぎもり》会長、優しいようで線引きが徹底してる人だから、絶対ゆずらないし」

ふたりで必要なものをリストアップし、書類に記入していく。

「ねえ、衣装掛けと着替え用のテントって備品であるかわかる?」

「あったと思う。ハンガーラックと、テントはよく使うから。あ、でも早い者勝ち……リスト提出した順番で」

「即行で行ってくる」席を立つ。

「いいよ、私が行く。一応、これは正代表が提出しないといけないらしいの」

直幸《なおゆき》は千尋《ちひろ》を眺めた。観察眼が冴《さ》えた。

「なぜメンチ切ってるの?」

「いや、立派だねえ、と思って」

立派すぎて感心してしまったのだ。

「普通でしょ」

気負うことなく視線を跳ね返し、千尋は書類を手に教室を出ていく。

ひとり残された直幸だが、一息つく暇《ひま》などはない。今《いま》し方《がた》、提出しにいった備品利用申請書《しんせいしょ》に抜けがないか不安になり、もう一度メモとにらめっこをする。

何度見直しても、もう必要なものは思いつかない。これであとで足りなかったら、自前で調達しようと決意をしたところで、背中に熱線めいたものを感受した。

振り返る。後ろのドアのところに、中目黒《なかめぐろ》が立っていた。

教室と廊下の境界線のあたりで、片側に寄りかかり、一切の表情をオフにした顔をしている。いつもとは雰囲気が違っていた。

ほとんど本能で、直幸はそれこそが中目黒の本性《ほんしょう》なのだと見抜く。

あらゆることに冷淡なのだ。きっと。

笑いたくないのに笑っている、いつも。

作り笑いと、本当の笑いには明らかな差がある。

笑いの温度差が人に見破られることを厭《いと》って、心から笑ったりしないよう制御し、そら笑いだけで統一している。

この直感があるから、いつだって器用にやってこれた。

洞察《どうさつ》できるのは価値観を共有する相手に限る。だから直幸は、宇賀神《うがじん》や千尋のような我が道を進むタイプの内心は読めない。反対に自分と似たタイプなら、わずかな隙《すき》からも看破《かんぱ》する自信がある。

中目黒がそうなのだ。

「……なにやってるの？」

いかにも物憂《ものう》い態度で問いかけてくる。

「文化祭の準備、だけど?」

しれっと答えた。

そういうことを訊《き》いたんじゃない、と中目黒《なかめぐろ》は思っているに違いなかった。

若干《じゃっかん》の沈黙のあとに、

「小早川《こばやかわ》と付き合ってるの?」

「いや、そういうんじゃないよ……」

なかなかそういう空気にはなってくれない。

「それより暇《ひま》なら手伝ってくんないかな」

「わかんないんだよね、飯嶋《いいじま》が何したいのか」

要請《ようせい》は鉄面皮《てつめんぴ》で跳ね返された。表層的なトークは反射するモード、だった。

「そうかな。そう思う?」

「みんなはそう思ってると思うけど。なんか、都落《みやこお》ちって感じ」

「ふーん」

かつての自分なら、中目黒なら、そういう見方をするだろうなというのはわかる。都落ちとまで言われて、しかし不思議と腹も立たない。

「最初は調子良かったのに、なんかずるずると落ちちゃった感じ」

「副代表やれって言ってきたの、おまえらじゃん」

「あの時は、まあそういうノリだったけど……」

中目黒はばつが悪そうに、あさっての方向に目をやる。

「クラ代の仕事は、けっこう面白いぞ。生徒会側にはあっちの空気がまた別にあるんだよ。クラスのとは全然違うけどさ。というかいいのか中目黒、そんな本音《ほんね》トークで。すっぴんで。普段頑張ってうまく隠してるのに」

皮肉のつもりはなかったのに、やけに冷えた言葉が出た。

思わぬ反撃だったのか、中目黒は二の句を失う。

言い聞かせるニュアンスで、さらに投げかける。

「言いたいことはわかるよ。俺《おれ》だって自分の立ち位置くらいわかってる。右も左もわからないで、こんなことしてるんじゃない」

「篠山《しのやま》とかとも疎遠《そえん》って聞いたよ」

「……前ほどべったりじゃなくなったね。まあ、いろいろあってさ」

「そういうの、怖くないのかな？」

「別にケンカしたわけじゃないから。今でも普通に話すし絡むよ。つるむことがなくなっただけ」

「安全保障の輪からは抜けちゃってるけどね。おとなしいクラスで良かったね」

「そうだな。でも俺、高校生ってもうちょっと大人でもいいと思うし、こういうのもアリなんじゃないの？　そもそもおまえの言う安全保障の輪って、あまり頼りにならないぞ。気休め程度の効果しかない。で、逆に質問したいんだけど、中目黒《なかめぐろ》はどうして文化祭の準備に協力してくれないの？」

「え？」

意表《いひょう》を突かれた顔。

「当ててみようか？　真面目《まじめ》に文化祭に取り組むのは恥ずかしいからだ」

「それは、そうでしょ」

なにを当たり前のことを、という顔。

中目黒にとって、それはわざわざ言葉にする必要もない判断だったのだ。ついこの間までの直幸《なおゆき》にとっても。

「ほかのクラスは真面目にやってる。うちだけだ、こんなの」

文化祭なめんなよ、内心で付け足す。

でも通じないだろうから、口には出さない。

一Bにいると、空気が醸成《じょうせい》されない限り積極性を出すことのほうが、幼稚《ようち》に映るのだ。

「でもそういう流れなんだから、ひとりで騒いでもどうにもならないよ。実際、まわりの流れ関係なく行動するのって、幼稚だと思うし。わかるでしょ。飯嶋《いいじま》はそういうのわかるほうだと思ってたから、今の状況って不思議。ねえ、どうしてそんなことするの？　クラスのみんなに逆らってまで」

同じような疑問を、直幸も千尋《ちひろ》に対して抱《いだ》いていた。

外やほかを見たことで、井の中の蛙《かわず》であることを悟った。それも理由としてはある。

黙りこくっていると、中目黒はわっかんないよと失望を込めてつぶやき、教室に入った。自分の席からカバンを取り、また廊下に戻っていく。

「あ、ねえ、出し物って何やるつもりだったの？」

頓挫《とんざ》見込みの物言いだった。

そういえば発表もしていなかったか、と直幸は立腹を抑える。

「写真屋さん」


文化祭前日となった。

どこのクラスも、放課後遅くまで居残りで作業に明け暮れている。一Bだけが閑散《かんさん》とした中で準備を進めていた。

前夜祭はなく、用事のない生徒はさっさと帰ることが推奨《すいしょう》されている。皮肉にも従ったのは一Bの面々くらいのものだったが。

さて一Bの出し物、『写真屋』のコンセプトは単純なものだ。

高校時代に帰って一枚。

サイズを取りそろえた制服をその場でレンタルして、教室風景の中で好きなセッティングで写真を撮ってあげる、というサービス。

ターゲットは父兄か、小学生。昔を懐《なつ》かしむか、未来への憧《あこが》れを先取りするか。

今野《いまの》高校の制服を着たい他校生でも、もちろん構わない。

ロケーションは教室の窓際に集中的に配置された、机と椅子《いす》。廊下側はスッカラカンの撮影スペースとなっている。カメラはデジカメを使用し、その場でプリントする。料金は一回百円。

カバンなどの小道具もぬかりない。手抜きではあるが、崩壊《ほうかい》と見なされる最後の一線だけは死守していた。

「よし、制服はＯＫと」

ハンガーラックには老若男女《ろうにゃくなんにょ》の体格差に対応できるよう、幅広いサイズがそろっている。

更衣室がわりのテントと、姿見も用意してある。

「これどこに置いたらいい」

千尋《ちひろ》の両隣には、パリッと制服を着こなしたマネキンが男女ふたつある。地元の指定制服を取り扱う洋品店からの提供だ。生徒会の計らいで取り付けてもらえたツテである。

「外かな。あとでちょっと確認してみよう」

「金庫とおつりは明日《あした》先生から受け取って……電卓はいらないわよね？」

「電卓はいらない。でもボールペンとかの筆記用具はいるかな？　何かに使うかも」

「あ、そういうのもいるわよね……気がつかなかった」

さすがの千尋も、少しテンパっている。

「機材の配置はもうこれで動かさないよ」

三脚に固定したカメラをぽんと叩《たた》く。

「うん、そっちは任せる」

シンプルなネタのはずが、見落としがいくらでも出てきて焦《あせ》る。

「客が来て、説明して、着替えてもらって……で撮影、印刷、精算でしょ？　どっかおかしいところ、あるか？」

「試し撮り！」

「そうだった！」

とうにすませておくべきことを、失念《しつねん》していた。

「小早川《こばやかわ》さん、客の役で位置についいて！」

「え、どこ？　どこに立てばいいの？」

千尋は机が並べられた窓際に立ち、気をつけの姿勢でカメラを見た。

「身長はかるんじゃないんだからさ。もっと自然な感じだって！」

「し、自然な感じ……自然！」

わたわたとする。

「机に座ってる同級生と話すって設定ならどう？」

「こんな感じ？」

片手を腰に、片手を机に当てて、身を乗り出すようなポーズをつくる。

「文句つけてる感じね。いいよ、小早川《こばやかわ》さんっぽい。顔も怒った感じにして」

「こ、こう？」

「なんで引きつり笑いなの？　怒るの。いつもどおりにやればいいんだって」

「いつもどおり……そんなに、怒ってないよ？」

「いや、怒ってる。怒《いか》れる女子高生だよ、君は」

「怒れるＪＫ……」

ショックを受けていた。

「ほらほら、考え込んでないで。怒っていこう」

「わ、わかった。こう……？」

千尋《ちひろ》はポーズそのままで、きりりと眉《まゆ》を吊《つ》り上げる。

ハマった。

まるで、席に座っている男子に説教かましているような――

直幸《なおゆき》はカメラから顔を離す。

焦《あせ》りがどこかに飛んでいった。

大事なことを忘れていた。こういうことも、大切なのだ。

あの生徒会合宿での花火と同様に。

「青春の再現ってんなら、男役もいるよね」

「え？」

「ちょっと待って」

デジカメのセルフタイマーをセットする。十秒。直幸は制服の乱れを正して、千尋が怒鳴りこんでいる先の座席につく。

「ちょっと、なんで？」

「このショットなら相手いないと。ほら演技して」

反射的に千尋は怒ったフリをする。その顔を至近《しきん》から見つめる。心温まる、五秒間。

撮影終了を告げる電子音が鳴った。

「もう、唐突なんだから」

よほど照れくさいのか、千尋はぱたぱたと手で顔を扇《あお》いでいる。

「プリントするところまでやってみようか」

直幸はフォトプリンターを操作して、撮りたての画像データを印刷してみる。

「うん、いいね」

「どれ?」

背伸びをして千尋《ちひろ》が覗《のぞ》いてくる。

「ん? ねえ、これって変じゃない」

千尋が指摘する。

「どこが? いい写真じゃない。背景が夜だから違和感だけど」

「だって、ほら」

桜貝のような爪《つめ》が愛らしい人差し指で、該当箇所《がいとうかしょ》を示す。

「変よ。怒られているほうが微笑《ほほえ》んでるなんて。ちぐはぐじゃない」


廊下にマネキンを配置し、机と立て看板を並べて、レイアウトを確かめる。

問題なし、と見る。

自作の看板に添付《てんぷ》されているサンプル写真のモデルは、すべて直幸《なおゆき》と千尋だった。

今になって恥ずかしくなってきた。これを客前に出していいのか?

飾り付けは終わっているし、あとはもう明日《あした》を待つばかりだった。

ふと廊下に目をやると、ほかのクラスの連中が気忙《きぜわ》しく行《ゆ》き交っている。

どの顔も笑っているか焦《あせ》っているかのどちらかで、特に男子が十人くらいで大道具を運搬している姿が、ぐっと胸に来た。

それでついカメラを三脚から外して、撮影してしまった。

他クラスにはあって、一Bにはない光景を、こっそりと。

「どう？」

所用で出かけていた千尋が、生徒会室から戻ってきた。

「こんな感じ」現物を示す。

「うん。まあうわべは、取り繕《つくろ》えたかな」

「言葉選んでないね、小早川《こばやかわ》さん」

うわべ。

この企画自体、体裁《ていさい》をどうにか整えることを眼目《がんもく》としていた。

幸い、初期目標は達成の兆《きざ》しがある。

が、ほかのクラスの連中がたまに、ただのふたりきりで準備に明け暮れている直幸らに、怪《け》訝《げん》な目を向けることは多々あった。

たぶん、噂《うわさ》になっているはずだ。

「でも頑張ったんだし、客商売は結果が命なんだから、まだわからないか」

「お客さん来てくれるかな」

「シンプルで入りやすいとは思う。ほかのクラスのは、入り口からして仰々《ぎょうぎょう》しいところ多いし」

「そういう視点もあるか、なるほどね」

「ねえ、飯嶋《いいじま》くん」

「ん？」

声が深刻な響きを宿していた。

「さっき体育館に寄ってみたら、篠山《しのやま》くんたちテニス部の人たち、ミュージカルのお稽古《けいこ》してた」

「ああ、そう」

直幸《なおゆき》は泰然《たいぜん》と応じる。

「庭球歌劇《ていきゅうかげき》、略して『にわうた』だって。舞台でマジでテニスするらしいよ。その結果でストーリー変えるって話。だから午前中と午後の公演で、話違ってくるのかもね」

直幸は笑う。部員のアドリブ力が問われる出し物だ。受けを取れなかったらレギュラー落ち、と部員一同は顧問《こもん》に脅《おど》された、らしい。

千尋《ちひろ》は真顔のまま。

「テニス部のほうにも出ないといけなかったんじゃないの？」

「いや、平気。段取ってある」

「でも、飯嶋くんこっちにかかりきりだったじゃない。夜までずっと、毎日」

「そうだけど、ふたりしかいないほうが優先でしょ」

隣りあって同じ方角を向いてしていた会話が、いつの間にか目を合わせてのガチンコトークとなっていた。

鼻汗が気化したのか、眼鏡《めがね》がシュッと曇る。眼鏡の曇りは一般的にメガラーにとって恥ずかしいことらしく、千尋はむしり取るようにして小さな布でぬぐう。キュ、とその手が中途で止まり、千尋は固まる。

固まったまま、かすれるように苦しげに、

「……ごめんね」

「いいって」

直幸は息苦しくなり、男子マネキンを持ち上げる。

「これ、教室に入れちゃおう。そっち頼む」

千尋は無言で女子マネキンを抱えた。

机や看板なども教室に戻す。

「忘れものは?」

「ない」

教室に鍵《かぎ》をかける。どうやら一年生クラスで、泊まらないのは一Bだけのようだ。

左右の教室から壁に届く喧噪《けんそう》は、爆竹みたいに間断《かんだん》ない。

一Bだけが、緩衝《かんしょう》地帯のように静かだった。

「ほんと、大丈夫だから。気にしないで」

もっと気の利いた、説得力ある言いわけはできなかったのかと、直幸《なおゆき》は自分を責める。

ごめんね。謝罪の言葉が、脳内に再生される。

まるで自分が、一方的な善意と厚意だけで彼女を手助けしているみたいな、そういう筋書きを思い描《えが》いているのではなかろうか。そういう「ごめんね」だったのではなかろうか。

ずっと、小早川《こばやかわ》ブログを追ってきた。

彼女の本心というものを、直幸は忖度《そんたく》する必要さえない。

全部ネットに書いてある。

彼女自身が心に押しとどめられず吐き出したそれらの文章を読むだけで、相手に取り入ることができる簡単なお仕事だった。

だから、感謝されるのは困る。感謝されようと狙《ねら》ってやったのに、そう思う。

処理できずに、逃げる。

薄っぺらい、うわべだけの言葉で。

「小早川さんが気にする必要なんて、全然ないんだからさ」

タイトル　有罪？

……私は有罪かもしれない。

今日《きょう》学校で、居残って仕事をしていて、そう思った。

そう思うようになるまでの過程を、ぼかして書くことは難しい。

だから省《はぶ》くしかない。


ただひとつ言えるのは、彼（彼氏って意味じゃなく人称代名詞）は実直《じっちょく》すぎる。


最初は人の顔色ばかりうかがう空気の奴隷《どれい》かと思っていたけど、勘《かん》違いだった。

彼は器用で、上手《じょうず》で、優しくて、粘り強い。

成績良し、体力あり。

そして善良。

できすぎだと思う。この私が、負い目を感じるくらいには。

だけど胸が痛いのは、そういう人間の善意に頼って、いろいろなものを奪ってしまったところだ。

彼は平気だと言ってくれたけど、私は平気じゃない。

どうしたらいいのかわからないまま、明日《あした》もまた学校だ。

せめて彼とふたりで築いたものを、精いっぱい完遂《かんすい》しよう。


早朝から一悶着《ひともんちゃく》あった。

文化祭をもてなす側ではなく楽しむ側の感覚で通学してきたクラスメイトらが、教室に自分たちの机を並べ直してしまったのだ。座るためである。カバンをかけるためである。

機材は教室の後ろにまとめて追いやられていた。マネキンの制服ははだけられていた。

千尋《ちひろ》は文化祭の出し物だからと説得して元に戻させた。

わだかまりができて、少し空気が濁《にご》る。

教室の後ろに、全員がカバンを小山のように積み上げた。見栄えは果てしなく悪い。

お客さんが来るから、荷物を見苦しく積むのはやめて。

「OKOK、じゃ見栄え良く、芸術的に積もうぜ」

誰かのギャグ。ノリだった。

こんなのどう、これいけてるだろ、すっげーハイセンス……カバンの塔を立ててそれを評価しあい楽しげに笑いさざめく。

クラスが一丸《いちがん》となって優しい友情を育《はぐく》む。みんなの笑顔。すばらしき友情。悪意なんて誰にもない。教室がさわやかに香る。淀《よど》んだ空気が清められていく。ああ、よかった。悪い感じが除去できた。こうでなくっちゃ。

薔薇《ばら》色の文化祭。開催間近。

千尋が暴発《ぼうはつ》した。

「いい加減にして！」

空気が墨でも流し込んだみたいに混濁《こんだく》する。

「じょ、冗談じゃん？　本気に受け取りすぎだって」

小沼《こぬま》が皆を代表して前に出た。

「冗談のノリで、本当にカバン置いていかれたら困るの。お客さんが来る前に、どこかにどかさないといけなくなるから。そんなことくらい、わからないの？」

主張は正論だが、顔はどう猛だった。

小沼はひえええと青ざめる。

「だから！　冗談だっての！」

「クラスの荷物置き場は」

千尋は言葉を止めて、じろりと周囲を睥睨《へいげい》する。

さめやらぬ怒《いか》りが全身に満ちていて、それは単なる正論を放射するだけでは燃焼できない火力を秘めていて、だからつい千尋は我を忘れて、

「クラスのお荷物は、このクラスのお荷物は――」

当初とは似て非なる、辛辣《しんらつ》な呪詛《じゅそ》を繰り出そうとする。

至近《しきん》距離でその波動を浴びた小沼《こぬま》が、青を通り越して真っ白になる。はわわとか言ってた。

「おはようおまえら！　カバンどうした？　荷物置き場、別に用意してるから、こっち来いよ！　ドリンクもあるぜ！」

教室に飛び込んできた直幸《なおゆき》が、一瞬で収拾させた。


「飯嶋《いいじま》くんの言うことしか、みんな聞いてくれない！」

本当に珍しいことだが、冷遇《れいぐう》が極まると、千尋《ちひろ》もべそをかく。

それこそ写真に撮っておきたいくらいに、レアだ。

「まあ、俺《おれ》だって鶴の一声ってわけじゃないからさ」

と実態を知る直幸は慰《なぐさ》める。実際のところ、先ほどの一幕とて下手《へた》に頼み込んでどうにか理解してもらっただけである。

土下座《どげざ》外交に近い。巧みな話術でカバーしているだけだ。

「小早川《こばやかわ》さんは、俺を過大評価しすぎだと思う。同志なんだから、適材適所って感じで便利に使わないと」

ぽんぽんと肩を叩《たた》いてやる。

慣れたものだ。

さすがの直幸も、泣く女の子を慰める経験は乏《とぼ》しい。以前に同じようなことがあった時、頭を撫《な》でようとして、腕で苛立《いらだ》たしげに弾《はじ》かれたこともある。明確な拒絶《きょぜつ》に、直幸はかなり凹《へこ》んだものだった。

その晩のブログで『人の頭撫でてくるヤツって』という批判的記事がアップされ、彼女が頭撫でを侮辱《ぶじょく》と感じることが判明した。

千尋規準で、肩叩きが敬意のあらわれだという情報も併せて入手した。

そして今にいたる。

すっかり千尋の扱いがうまくなった己《おのれ》に、感慨《かんがい》を覚える。

けど普通、ここまで手間かけるなら告白して付き合ってからだよな、とも思う。打算が鎌首《かまくび》をもたげて、そう思う。

結局、まだ怖いのだ。

千尋は身内でも、必要なら拒絶する。完全に受け入れられると確信を得られるまで、直幸は慎重に行動せざるを得ない。決定的な文章が、ブログにアップされる日を待っているのかもしれない。弱気だ。

「飯嶋くんは」涙をぬぐい、思い詰めた顔で「この文化祭を、誰よりも楽しまないといけないと思う」

すでに楽しんでるけどな、と思った。

が、口には出さないでおいた。


陽光祭《ようこうさい》。今野《いまの》高校文化祭の、それが正式名なのだ。

平凡な名前だと誰もが思う。

日本で十校くらいかぶっていてもおかしくはなさそうだ。

もっとぶっとんでいてもいいはずだ。

今野高校が心の宴《うたげ》、今心祭！（イマジン・フェスティヴァル！）とか。

名前こそ平凡だが、陽光祭はなかなか頑張っている部類の文化祭だった。

かつて映画にもなった某男子シンクロみたいな呼び物はないが、どこの出し物も平均的に高水準なのだ。

だから生徒たちも、気合いを入れて他校の友人を招く。

盛況、らしい。今年も。

しかしその気配は、四階廊下までは届いてこない。

窓から階下を眺めれば、人々でごった返す中庭を一望できはするのだが。

一年生教室の並ぶ四階は、どうしても不利である。

力もコネもある三年生や二年生が、二階と三階にプロ顔負けの模擬店《もぎてん》などを並べている。それをかいくぐってわざわざ四階まで見に来る物好きな人間は、少ない。

親や身内、友人、それとわずかな一般客だけが、ちらほらと姿を見せる程度だった。

それさえも一Ｂにはひとりもいない。

受付の千尋《ちひろ》も、撮影担当の直幸《なおゆき》も、たちまち暇《ひま》を持て余すようになった。

クラスメイトらがたまに顔を出して居座ろうとすると、千尋が金棒《かなぼう》を振り回す勢いで叩《たた》き出す。そのくらいの出来事しかなかった。

「……ほかのクラスは、ちょくちょく客が入ってるんだねえ」

廊下に顔を出した直幸が、まいったなと嘆息《たんそく》する。

「飯嶋《いいじま》くん、今のうちにほか回ってくる？　当分、余裕でひとりで回せそう」

「いや、いいよ。ずっと居座るつもりで食い物も用意してきてるし」

念のため、千尋も機材の使い方は覚えている。交代して休憩というのも、できなくはないのだ。

「それに今、ほかのクラスを見に行ったら、落ち込みそうだ」

「そ、そうね……それはあるわよね……」

自分たちの教室を振り返る。

余計な机をどかして掃除しただけの、普通の教室である。素《す》である。

え、これって、ヤバくね？　ちょっとやっちゃった感あるんじゃね？　現在進行形で赤っ恥中なんじゃね？

不安はいくらでもこんこんと湧《わ》き出てくる。

ヒソヒソされる。噂《うわさ》される。笑われる。苦悶《くもん》。苦悶式文化祭。

頭を振って、打ち消す。

苦悶は祭りが終わってからすれば良い。自分の部屋で、枕《まくら》に顔を突っ込んで。

「飯嶋《いいじま》くん、あれを見て！」

「お、おおおっ、あれは――――！」

団体客だ。

おじさんおばさんたちが、大挙《たいきょ》して隣のクラスに入っていく。

その数は十はくだらない。

「大口客！　くそ……うらやましい！　そうだ、帰りの団体さんに声をかけよう！　少しでも引っ張り込んで……」

「待って飯嶋くん。あの人たち、迷いなくお隣さんに突撃してた。たぶん関係者、だと思う」

「関係ないさ。別クラスの親に営業かけたらいけないって校則はない。俺《おれ》はやるからね」

しばらくして、団体客は教室を出てきた。

「お写真いかがですか！」

目の前を通りかかった際、直幸は威勢良く声をかけた。

おじさんたちは、一Bのプレーンなスタイルのクラスルームを一目《いちもく》し、そして互いに顔を見合わせて「おやおやこいつは」と苦笑いを浮かべて、そのままスルーして帰っていった。

優しさなど微塵《みじん》もない。

未成年の文化祭なのだから、もう少し温かく見守ってやろうとか、そういう気持ちは絶無《ぜつむ》だったようだ。

直幸《なおゆき》と千尋《ちひろ》は、世間の荒波というものを強く感じた。

そのとき。

「ここだよー、ここ。プリント屋なんだよ。よくわかんないけど。うちの制服着て写真撮れるからさ」

小沼《こぬま》が、似たような他校の女子の一団を引き連れて団体様で到着したのだった。

「小沼さん、ここは休憩所じゃないって何度言ったら理解できるの？　それとも理解できないと見るべきなの？　脳と脊髄《せきずい》をつなぐソケットが抜けているの？」

千尋が小沼を言語的金棒《かなぼう》で殴りつけた。

「なんだよー、ちっげーよー、お客さんだよー」

額《ひたい》からどくどく空想流血しながら、それに気づかぬ様子でカンラカンラと笑う小沼。

「こいつら、中学の頃《ころ》の仲間と後輩」

ライオンヘッド小沼《こぬま》の仲間は、やはりハードななりをしていた。

直幸《なおゆき》は友人とともに原宿《はらじゅく》に行ったことも何度かあるが、似たようなのがたくさん歩いていたことを思い出した。

ひらひらで、じゃらじゃらで、ギラギラしていた。

「よろしゅーっす、先輩のお友達さん」「うぃーす、お見知りうぃーっす」「オースオース、遊びに来させてもらいましたーす」

彼女らなりのやり方で、礼儀正しい。

「くふぅ……！」

千尋《ちひろ》も客として応対せざるを得ない。

「いら、しゃい」

「ってわけで、プリントごっこしてやって？」

「違うけど、わかったよ……」

荒らし、というわけではない。無邪気《むじゃき》なものだ。

小沼にもメンツくらいあるだろう。立ててやるのが、世の情けというものだ。

「そこに制服あるから、サイズ選んで」

小沼の仲間たちは我先にとハンガーラックに殺到し、

「中学の時、部活なにやってたの？　ならず者部とか？」

「書道部」しれっと言った。

何かが壊れて、直幸は膝《ひざ》から崩《くず》れ落ちそうになった。

「おー、集まってるねい」

椎原《しいはら》が教室に飛び込んできた。

やはり、似たようなお仲間を引き連れている。

「こっち、遊び仲間。最近の友達なんだけど」

教室はにわかに大盛況の様相《ようそう》を呈《てい》する。

直幸は最初こそ、撮影に印刷に大忙しだったが、なかなか帰らないギャルたちはそのうち自分たちで自由に写メを撮《と》ったり話し込んだりしはじめた。ほとんど唯一《ゆいいつ》の男子とあって、直幸は頻繁《ひんぱん》に話しかけられたが、誰の名前も覚えられなかった。

そのうち、男子がやはり友人などを連れて現れ、合流し、また別の誰かがやってきて……と賑々《にぎにぎ》しい有様《ありさま》となった。

「せっかく歓待してもらったんでぇ、お礼に客引き手伝ってやりてぇなぁ！」

誰かがそんなことを言い出した。

その場にいたほぼ全員に、瞬時にやる気が満ちるのが直幸には視《み》えた。友達と、文化祭で、熱い結束で、感動で、充実。ロングホームルームではあんなになかったやる気が、今は嘘《うそ》のように満ち満ちている。そこからはもう直幸が仕切るまでもない。

彼女らはあっという間に撮影チームと呼び込みチームとスタイリストチームにわかれ、一斉に仕事に取りかかりはじめた。

「……お役御免《やくごめん》になっちゃったか。まあ、潮時《しおどき》かな」

負け惜しみではない。本気でそう思っていた。

たとえその場限りのノリであっても、自分たちのことは自分たちでするのが、まっとうな高校生活というものだ。

「どうする？　ほかのクラスでも回ってみない？」

それもまた本気の誘いだった。

出し物の主導権を奪われたことなど、さほど気にならない。もともと人に誇れる企画でもなかったのだ。

だが千尋《ちひろ》は、そうは思っていなかったようだ。

ずい、と一歩前に出る。

誰も千尋のことを気にしていない。今まで一言も発しなかった少女のことなど、いないかのように無視している。

熱気が、吹き付けてきた。

直幸《なおゆき》だけが感じ取れるものだ。ほかの誰も熱風にクレームをつける者がいないことからも、それは明らかである。

そして直幸は確かに、かすかにまたたく炎を見た。

「あなたたち、いい加減にし――――！」

トラブルを予感した直幸は、千尋が教室中に向かって大声で主張を開始する寸前に、その腕を取った。

「てぇぇぇぇぇぇぇっ!?」

歯に衣着《きぬ》せぬ苦情になるはずだった言葉は、ドップラー効果によって遠ざかるサイレンのように低音に引き延ばされていった。


運動部のパワーでぐいぐい連行《れんこう》していき、気がつけば体育館の中にいた。

入り口近くに立っただけで自動的にチケットを買わされ、中に押し込まれたのだ。

映画館のように薄暗い体育館は、すでに満席に近い。盛況だった。

ふたりで体育館の後ろの壁によりかかって、遠く舞台を眺めた。ここからだと、舞台上の生徒の姿はほとんど識別できない。

「○×△□〜〜〜〜ッ！」

千尋はごにょごにょと愚痴《ぐち》を垂れていた。

涙声で、嗚咽《おえつ》している。だから舌が回らず、台詞《せりふ》は聞き取れない。

「そうだねえ」

直幸《なおゆき》はただ受け止める。

「○×△□!?」

「実にそうだねえ」

直幸はど真ん中に受け止めた。

「○×……△□……」

「気持ちはわかるよ」

直幸はチェンジアップにも対応してみせる。

別に軽《かろ》んじて、蔑《ないがし》ろにしているわけではない。

こういう時は、ただ感情の質だけを読み取って、言葉を返してやれば良いのである。

どうやら千尋《ちひろ》は、直幸が頑張って準備した出し物が、ほかの無責任な生徒たちに乗っ取られたと感じているようだった。

似たようなことを、思わないでもない。

しかし彼女が嘆《なげ》いているほどには、執着《しゅうちゃく》もなかったのだ。

「なにしろ元鞘《もとさや》だからさあ、これで良かったとするしかないんだよ」

「飯嶋《いいじま》くん、人が良すぎる」

また聖人君子《せいじんくんし》の評価をもらってしまう。

本当なら、自分と彼女の関係は、衝突と和解を繰り返しながら深めていくものだったように思う。

そういう大切なプロセスを、すっ飛ばしてしまった。

仲良くはなれている。けれど、どこかいびつでもある。

直幸はもう小早川《こばやかわ》ブログを見るのをやめよう、と決めた。

大きな拍手が起こり、ふたりの会話は途切れた。

『それでは次のプログラム、硬式テニス部による庭球《ていきゅう》歌劇《かげき》にわうた、お楽しみください』

司会の声がマイクを通じて体育館に響く。

舞台の上にはコートが再現されていた。スペースの関係で、本物より少し狭いコートだ。あれはきついよ、コートのサイズ変わると全然別物だから、と直幸は小声で解説した。

千尋は答えなかった。

『にわうた』は、ミュージカル仕立てのコントだった。

ストーリーはライバル関係にあるふたつのテニス部が、熱血勝負を繰り広げる、というもので、部員たちは全員キャラクター仕立てになっていて演技がやたら濃い。誰かが発言するたびにスポットライトがわざとらしく当たる。それだけでもシュールに面白いのか、客席からは失笑が漏《も》れていた。

試合前の因縁合戦《いんねんがっせん》からはじまり、実際の試合では本当にボールを打ち合う。

跳ねがおかしい。安全に配慮してか、硬球ではなく軟球を使用しているようだ。それは硬式プレイヤーにとっては、言うほど簡単なことじゃない。稽古《けいこ》、したんだろう。部活では熱心になって良い、という空気があるからだ。

「いくぞ青嵐《せいらん》高校！　これが俺《おれ》たち松陰《しょういん》学園テニス部の、魂《たましい》の一打だあぁぁぁ！」

篠山《しのやま》がサーブを空振りした。

ボールを打つSEを手動でつけていたため、空振りに爆発音が重なることになった。

客席を埋めていた人々が爆笑する。

直幸《なおゆき》も思い切り吹いた。

「あれ素《す》だよ。本気で空振りした。あいつたまにやるんだよ。トスが下手《へた》でさ」

未熟な部員では、あらかじめ勝敗を決めてもそのとおりの試合運びは難しい。そこであえて台本上でのオチは決めず、リアルな試合結果に任せてあるそうだ。

「飯嶋《いいじま》くん、テニス部辞めたんだって？」

疑義《ぎぎ》を改めるという響きではなかった。

事実を知っている者の、冷たい質疑だった。

「……誰に聞いた？」直幸は頭をかく。

「宇賀神《うがじん》」

なんでやねん、と関西弁で突っ込んだ。

退部のことを指摘されたことより、下手をすれば驚きが大きかった。

「どうして辞めたの？」

「いや、両立……難しいから、とか、いろいろ」

全部説明してしまえばこういうことである。

ここのところ委員会活動に力を入れすぎたため、直幸のテニス部での立場もさすがに微妙になってきていた。部活中心の生活に戻れば、信用も回復しただろうが、それは委員会活動の一切から手を引くということである。千尋《ちひろ》ひとりにすべてを押しつけて。

彼女への接し方に対する負い目がなければ、そうしたかもしれない。

だから言わなかった。

少年なりの器用な潔癖《けっぺき》さで、負い目を軽減したかったからだ。

そうしないと千尋の同志ではいられない気がした。

彼は、何かを恐れている。今でも。

しかしこうした心理的手続きも、なぜか宇賀神経由で露見《ろけん》してしまったのだ。

「両立……難しいから、テニスを捨てて、こっちを取ったの？」

「そうなるね」

「なのに、教室明け渡しちゃったの？」

「そう、なるね」

千尋《ちひろ》はぐっと詰まる。

「やっぱり取り戻してくる」

ひとり進軍を決行しようとする千尋の手首を、がっしと握って押しとどめる。

「いいんだよ。文化祭はクラスのものなんだから、あれでいいの。ちょっと納得できないかもだけど、いいんだよ。正しいの」

「だって、あんな反省のないかたちで……」

ぐちぐちする。

「いいから。いなよ、ここに」

強引に、隣に置いた。千尋は渋々、背を壁に預ける。かすかな震動が伝わってきた。

「劇を見よう」

「うん……」

千尋の元気がない。

沈んだまま、ふたりの文化祭は終わってしまうのか。区切りとなるような、素敵で価値のある出来事がないままに。

出し抜けに、直幸《なおゆき》は脈打つような衝動に襲《おそ》われた。

そうしなければならぬ、という焦燥《しょうそう》に駆《か》られた。

今のムードを、次にいつ共有できるかわからないという不安が、そう結論させた。

思い出が得られないのなら、都落《みやこお》ちすることには耐えられない。

せっかくの文化祭なのだから。

「小早川《こばやかわ》さん」

「……ん？」

飯嶋《いいじま》直幸は器用な少年だ。

如才《じょさい》のない、隙《すき》のない優等生。

そのはずが、適切な言葉ひとつ出てこない。

頭は駄目だ。肩は平気だ。情報を検索した。

肩はいいのか、よし、と摑《つか》んで、引き寄せた。

「ねえ？」

肩を引き寄せたから、あとできることはひとつだけだった。

ブログには一言も書かれていなかったけど、けっこう好かれているはずなのだ。だから、いけるだろう。手間暇《てまひま》かけたし、ここまでの流れがすべて理想的とはいえないが、十分いけるだろう。

そういうふうに、直幸は慢心《まんしん》した。

唇《くちびる》を近づける。

薄闇《うすやみ》の中で、唇をコートするグロスのかすかな光沢《こうたく》が目についた。

小早川《こばやかわ》さんでも、祭りの日くらいはちょっと冒険するんだな――

ふたりの距離が、限りなく0に近づく。そして。

強い衝撃《しょうげき》を胸元に受けて、直幸《なおゆき》は尻餅《しりもち》をついた。

前のほうで立ち見をしていた何人かが、ちらりと咎《とが》めるような視線をよこした。

「はあっ……はっ……！」

呼吸困難になったみたいに、千尋《ちひろ》は息を荒らげていた。

両手が、前方に突き出されたまま硬直している。

自分を拒絶《きょぜつ》した両手が。

あれ？

我が身に起こった出来事が、なかなか信じられない。

千尋の瞳《ひとみ》には、薄暗いながらも明確な抗議の色があった。

原因は断定できない。今までの彼女に対する理解が、すべて消し飛んでいた。ただ、お互いに負い目を抱《いだ》いていて、それを解決することなく事を進めたことが、あるいは致命的だったのではないかと推量できた。

いや、もっと単純に。

器用さだけじゃ、千尋とは並べない、のではなかろうかと。

硬直していた両手が下方に垂れる。

直幸には立ち上がる力もない。
時間が止まったみたいに、同じ格好のままでいた。
直幸は、うまくやれなかった。

四章

文化祭が終わればすぐに中間考査、それも終わると、細々《こまごま》とした行事の多い十一月を挟んで十二月の期末考査が目前だった。そして期末が終われば、アレがはじまる。

アレは、どうなるのか。おい、アレの件はいったいどうなったんだ米谷君《よねたに》。答え給《たま》えよ。それが課長、実は発注先の工場が夜逃げしちゃいましてね。もう関係を修復できる職人はほかにいないという状況でして、ぬはは、つまりストップ案件ですな、ぬはは。なにぃー、なぜもっと早く報告せんのかね！

……そんな脳内中小企業列伝は冗談としても、先方がアレについてどうお考えなのか知りたくて、気が気でないのは確かだった。

おかげで勉強もはかどらなかった。

身を入れたつもりがいまいち乗り切れない直幸《なおゆき》の二学期の成績は、下がった。掲示された学年順位は、銅メダルにもかからぬ四位。なんだろう、あえて賜《たまわ》るならスチールメダルとかだろうか。本来、ギリギリもう二段階は上の学校にも行けた学力だったことを考えると、口惜《くちお》しい結果のはずだった。

なのだが、口惜しくなくて困った。

最近、直幸には自分が無気力になったという自覚がある。

勉強もおろそかだし、家でもぼんやりしている時間が増えた。

原因はひとつしかない。

小早川千尋《こばやかわちひろ》とは、あれ以来、なんら関係改善の機会を持てないままでいる。ここ二か月ほどで、千尋とは事務的な会話しかしていない。常態化《じょうたい》してしまった。

今からどう、このやるせない関係を軌道《きどう》修正することができようか。冷え切った鉄の塊《かたまり》を、素手《すで》でこねんとするようなものだ。

鉄は熱いうちに打てとは、まことによくできたことわざである。

失恋にも成功と失敗があるのだなあと直幸は思う。

そんなこと、体験してみるまでわからなかった。

尊敬すべき人物、生徒会長の杉森《すぎもり》に相談してみた。

「……なるほど。事情はよくわかった。そんな時、誠実な一男児としてとるべきはひとつしかない」

杉森は断言する。

「書簡《しょかん》を出したまえ」

明治大正期の書生《しょせい》か、この人は。

もやもやを解消できないまま日々は過ぎ、ついにその時はやってきてしまった。

放課後、教室でのたくたとカバンに教科書をしまっていた時だ。

その動作はのろい。

隣の千尋《ちひろ》を意識しているのだ。

放課後「行こうか?」「うん」などと、純な会話をして会議室に行く習慣を、振り捨てることができていないのだった。

チャンスがあれば自分から声かけしたかったが、千尋は見えない障壁《しょうへき》を張っていた。強力なバリアー。防御スクリーン。敵のビーム砲《ほう》を跳ね返すのだ。

俺《おれ》は敵なのか、と直幸《なおゆき》は自分の妄想《もうそう》にさえ傷つく。

どうしても、自然なかたちで日常会話に戻れない。

千尋ものたくたとしていた。

カバンのふたを閉じて、そして、何秒か停止する。

思い人の一挙一動《いっきょいちどう》を、顔は向けずに全神経を駆使《くし》して情報収集する。ちょっとした物音や、目端に映るわずかな動作ひとつ見逃《みのが》すものか。

不思議なことに千尋は、一度閉じたカバンをまた開けて、中から一枚の書類を取り出した。

「飯嶋《いいじま》、くん」

背筋《せすじ》がぴんと伸びた。

「なに」

「……これ」

千尋のほうを向くのに、たいへんな苦労がいった。

緊張に凝《こ》り固まった首の筋がぎしぎしといっていた。

「選挙の、推薦人の件なんだけど、前に話したやつ……」

ついに、アレの話が出た。

切れ切れに話す千尋は、うつむいたまま顔も見せない。

向こうも気まずいのだな、ということがわかる。ふたりして、引きずりすぎなのだ。どちらかが勇気を出して、改善に踏み込まないといけないのだ。男尊女卑《だんそんじょひ》のつもりはないが、こっちが悪いのに相手に踏み出させたことが、直幸には悔やまれた。

「まだやってくれる気があれば、でいいから」

差し出された書類が震えていた。

恥をかかせているように思えて、すぐに手に取る。

来期生徒会役員選挙への立候補者が提出する、推薦人の登録用紙。

推薦人は最大二十名までつのることができる。推薦人代表は立会演説会で、推薦の言葉を全校生徒に述べねばならない。その他の選挙活動のサポートも仕事だ。

記名欄は空欄だった。

書類自体は、よれたり折れたりして、もらってからだいぶ時間が経過していたにもかかわらず。ずっと味方でいてやるつもりだったのに、なんという体《てい》たらくだろう。

直幸は色恋《いろこい》の思考を一度頭から追い出した。

筆記用具を取り出し、書類に名前を書き込んだ。

受け取った千尋《ちひろ》は、しばらく無言でいた。が、やがて、

「……ありがとう。頑張る」

大事そうにクリアファイルに挟んで、カバンに戻した。

「選挙の仕事は、スピーチだけでいいから」

「待った」

逃げるように離席するのを、制止した。

「……ちゃんと、やるよ。スピーチ以外も」

「でも」

「やらせてほしいんだ」

長い沈黙タイムを置いてから、千尋はこくりとうなずいた。うなずいてくれた。よかった。

でも、そこからまたどうやって信頼を積み上げていけばいいのやらだった。

崩《くず》れたトランプのピラミッドを、もう一度再現する根気が、試されていた。

やはり駄目だ、と直幸《なおゆき》は、ブラウザを消してPCをシャットダウンする。

自宅、自室、見ている者など誰もいない。

が、直幸はもう小早川《こばやかわ》ブログを閲覧《えつらん》することはできなくなっていた。心理的ロックだ。閲覧禁止を定めたはずが、どうしても気になるあの子の本心。

特に今日《きょう》のぶん。

ブラウザを立ち上げるまではいいだろう、というわけのわからぬ言いわけからはじまり、ブックマークを確認するまではセーフだと譲歩《じょうほ》し、目を閉じてサイトを開くまではまだ違反じゃないとエスカレートし、しまいにゃ薄目なら――

そこで己《おのれ》を取り戻し、ブラウザを閉じた。危なかった。

信じられないことだった。自分がここまで悶々《もんもん》としてしまうなんて。自己評価では、なかなかの好漢《こうかん》だと自負していたのだ。

いや、今からでも遅くはない。彼女に誠実に向き直ってみよう、そしてまずは仕事を完遂《かんすい》しよう。

そう決めた。

放課後、図書室で作戦会議を開いた。

試験の時期さえ過ぎれば、もっとも人のいない時間帯だ。多少の会話をしても問題ない。

そして眼鏡《めがね》っ子の小早川女史にはもっとも似合っている聖地でもある。そういえば彼女は、図書委員でもあるのだ。完璧《かんぺき》だ。

「生徒会長に、立候補しようと思って……悩んだんだけど、やっぱり、これかなって」

申しわけなさそうに千尋《ちひろ》は報告した。

「前に言ってたもんね。来期は二年生になってるし、いいんじゃないかな」

「本当は一年庶務《しょむ》をやって、二年で書記なんかの役員をやってから、三年で会長を務めるというのが伝統パターンらしいんだけど」

立会演説でも、そういったレール上を走ってきた生徒のほうが、わかりやすく当選しやすいのだと言う。

しかし、今年の選挙はちょっとばかり事情が違うことが判明した。

選挙管理委員を兼務《けんむ》する直幸《なおゆき》にも、そのあたりの事情は伝わってきている。

生徒会長への二年生立候補者が、いなかったのである。

千尋と同じ、一年生の立候補者がほかにひとりいるだけ。

こんなオイシイ話を権力の虜《とりこ》である千尋が見逃《みのが》せるはずもなく、当初からの野望だったこともあり、二年役員ルートをスキップしての生徒会長戦への出馬と相成《あいな》った。

「勝ちたいの」

千尋の決意は深刻だった。

「私、ほかにやることがないから、これに賭《か》けたいの」

「公約は決まってるの？」

「うん」

千尋は大学ノートを広げた。公約が箇条《かじょう》書きにしてある。

読んで、直幸は重苦しい気持ちになった。

「これは厳しいね」

「でも、必要なことばかりよ」

スローガンは『校則を守らせる！』とあった。

その下に、実現するための具体的な方法が列挙されている。

○校則のさらなる徹底
○菓子類持ち込み禁止
○ボランティア活動の導入
○部室の不法占拠《せんきょ》を是正《ぜせい》
○悪ふざけの撲滅《ぼくめつ》（厳罰化へ）

そんな項目が延々と並んでいた。

「理想的ではある、けど。ちょっと気負いすぎかも」

「でも公約ってそういうものじゃない？　人気取りじゃなくて、熱意とかやる気を見せていかないといけないわけだから」

「これを全部実施するとなると、締め付けがだいぶ厳しくなるようだけど」

「飯嶋《いいじま》くんは、こういうのに反対？」

「いや……」

直幸《なおゆき》は悩んだ。これほど厳しい公約を提示《ていじ》して、果たして生徒たちの票を集められるだろうか。難しいだろう、と直幸は思った。

次に小早川《こばやかわ》千尋《ちひろ》自身を見た。

彼女は、一風変わった女の子だ。

かわいらしい面はあるが、アイドルのようなカリスマではない。

すごいおしゃれでかわいいとか、人から崇拝《すうはい》されるような要素はない。

どちらかといえばガリ勉タイプと受け取られるだろう。

堅物《かたぶつ》女子高生の、お堅い公約。

答えは決まっていた。だがそのまま正直に舌にのせるのは、いささか躊躇《ちゅうちょ》がある。

「……相手次第、かな」

「飯嶋くんは、もう選管は辞任してるの？」

「ああ、推薦人は選管できないって決まりだからね。人に頼んだ」

「え、誰か引き受けてくれたの？」

ふたりの中で、委員の仕事を人に振ることはトラウマとなっていた。

「……ほかのクラスの友達に頼んじゃった」正直に告白した。

「えええっ!?」

「だって、うちのクラスの人間には任せられないしさ。テニス部で一緒だった、信頼できる友達に振ったから大丈夫だよ。アウトソーシングってやつ？」

「………………」

葛藤《かっとう》した挙句《あげく》、悔しげに唇《くちびる》を嚙《か》んで言葉を呑《の》み込んだ。

正義感の強い千尋からすれば、ギリギリの判断だったのだ。

「もう、飯嶋くんは仕方ないなあ」

呆《あき》れたような、優しい響きが懐《なつ》かしく、嬉《うれ》しかった。

たったそれだけのことで、直幸のやる気は倍化した。

「それでさ、この公約だけど、数を絞ろう。それで、厳しく取り締まるっていうと挑発《ちょうはつ》するみたいだから、生徒は信頼してるけどもっと頑張りたい、というスタンスにしていこう」

「絞るというのは、どれを残すの？」

「悪ふざけの撲滅《ぼくめつ》は、いいんだけど厳しすぎるかな。ちょっとじゃれただけで厳罰だと誰も納得いかないと思う。これはいじめをなくす、でいいと思う。あとは部室の不法占拠《せんきょ》だけど、これはけっこうな数の生徒を敵に回すことになっちゃうかな。徹底すると、部員じゃないのに入り浸《びた》ってるヤツとかも追い出さないといけなくなりそうだし――」

「待って。そこは絶対に譲れない。だっていくら文句が出るからって、それを見逃《みのが》したら不法行為を看過《かんか》することになっちゃうじゃない」

懐《なつ》かしい時間が帰ってきた。

だけど、文化祭でキスを迫ったことについては、どちらも触れることはなかった。

文化祭前までのノリが、ようやく戻ってきた気がした。

そのようなわけでご機嫌な直幸《なおゆき》が一番最初に取りかかったのは、ポスター作りである。写真を撮《と》った。たくさん撮った。いいのが撮れるまで徹底的に撮った。ベストの一枚。神の一枚を探した。これは探求の旅なんだ。そう説明して直幸は心ゆくまで画像を集めた。

そしてその中から一枚を選び、ポスターに加工した。残りはコレクションとした。

父親のお古で借りたノートPC（一世代前の最高級品）を学校に持ってきて、仮データを千《ち》尋《ひろ》に見せ、何でもいいからスローガンを入力するよう依頼した。

「すろーがん……」

千尋は眼鏡《めがね》を曇らせながら、手元も見ずに軽《かろ》やかに打ち込んだ。

『厳しい学校生活!』

　もちろん書き直させた。

「なんでもいいって言ったじゃない!」

「有権者を挑発《ちようはつ》してどうすんの!」

　多少揉《も》めはしたが、最終的には『健全生活!』なる野菜ジュースみたいなコピーに落ち着いた。

　できたポスターのサンプルを選挙管理委員に提出、認可をもらって張り出した。

　ほかの候補者たちもポスター作りは頑張っていたが、千尋が一番しゃんとしてる、と直幸は思った。自画自賛《じがじさん》に近いのかもしれないけれど。

　次にしなければならないことは、選挙演説だった。

　これは頭の痛い問題である。

　なにぶん、推薦人がひとりのみ、である。

　ほかの候補者は最低でも六、七人はいる。これだけで人徳《じんとく》がないという印象を与えかねない。

　そんな説明をして、代案を述べ、千尋を説き伏せようとした。

「駄目よ、放送演説だけなんて」

千尋《ちひろ》は一蹴《いっしゅう》した。実に小早川《こばやかわ》さんだった。

「推薦人がいないのはあからさまに不利なんだよ。それを晒《さら》してしまうだけでも、マイナス印象になる。推薦人じゃなくて、応援人ってことで、人を集めてみるから、それまで待ってくれないかな?」

このプランは千尋に却下《きゃっか》された。

「このくらいは、自分たちでやろうよ」

「恥かくよ」

「構わない」

「バカにされる」

「構わない」

そこまで言われて、直幸《なおゆき》にはもう説得の言葉はない。

「立派だよな、小早川さんって」

「な、なによ、皮肉?」

「いや、本気で思ってるよ……わかった、つきあうよ」

『小早川千尋』のたすきをかけた千尋のあとを、直幸はベニヤ板に張った大判ポスターを手について回る。

早朝の正門付近に立ち、昼休みに各教室を巡った。

どの教室でも、ふたりっきりの選挙活動は、不審なものでも見るかのような目を向けられた。

せっかくの演説だって、まともに聞いてくれた者はいなかったように見受けられる。

「いい演説ができた！　飯嶋《いいじま》くんのスピーチのおかげね！」

本人は自信があるようだった。

クラス回りや登下校時の生徒に向けた演説では、直幸の清書したスピーチを使用した。

千尋の素案《そあん》を直幸が整えたそれは、当初のものに比べてずいぶんと印象を軟化させている。

いわゆる、よくある選挙演説の水準まで毒っ気が去勢《きょせい》されたものだ。

千尋はすべての行に配慮が行き届いたその文章をたいへん気に入っているようだった。

「あの、立会演説会のスピーチも、作ってもらったら駄目？」

当初は自分でやると力説《りきせつ》していた仕事まで、直幸に振ってきたのでかわいかった。


その日は、立会演説＆投票日である。

千人近い全校生徒が体育館に集まっている。

朝礼より気楽なのは、座って多少の雑談をしていても良いからだ。

生徒会役員選挙は、教師はほとんど嚙《か》まない。監督役として数人が後ろに立っているが、特に怒鳴ったり注意したりということはしない。よほどのことがない限り。

小早川千尋《こばやかわちひろ》と飯嶋直幸《いいじまなおゆき》は、舞台袖《そで》でスピーチの順番待ちをしていた。

直幸は書記立候補者の応援演説を横手からうかがっている。

千尋はさきほどから、服装の乱れを正しているらしくぱたぱたと慌《あわ》ただしい。

「飯嶋くん……どうしよう」

「トイレだったらまだ急げば間に合うよ」

「紙、なくした……」

「それは難儀《なんぎ》だね。この際、一か八《ばち》かで拭《ふ》かないで……」

「どうしよう紙なくした！」

差し迫った声に振り返ると、千尋が顔面蒼白《がんめんそうはく》になって震えていた。

震えているのが傍目《はため》にわかる、というのが深刻にヤバい。

「え？　まさか俺《おれ》が用意したスピーチのカンペ、なくしちゃったの？」

「そうみたい。ポケットに入れておいたのに、ない」

「よく捜してみた……んだよね、さっきまでのぱたぱたは？」

身繕《みづくろ》いではなく、必死に制服のあちこちをまさぐっていたらしい。

それでないというのだから、ないのだろう。

「上着、貸して！」

千尋が上着を脱ごうとする。

「ぬ、脱げない！　どうして？」

「タスゥーキ！」

外国人みたいな発音で叫んでしまった。異文化に触れて混乱する外国人も同然だったせいだろうか。

「あ、そうだった……はい上着！」

直幸はブレザーの上を、徹底的に調べた。千尋の体温でじんわりと温かかったり、脇《わき》のあたりが少し湿《しめ》っていたりしてフェティッシュな欲求が刺激されないでもなかったが、今は慌てるような時間である。

「……ないね。ブラウスやスカートのほうにもないね？」

「スカートも見てくれる？　待ってて！」

スカートを脱ごうとする。

「やめなさい！」

「ど、どうしよう？」

潤《うる》んだ瞳《ひとみ》が直幸にすがるように向けられる。

胸が熱くなる。なんとか、してやりたい。

以前のひとりで気を張っていた時の彼女なら、どうということもなかったトラブルだ。

だがなまじ飯嶋文書に頼っていただけに、逆に千尋の焦《あせ》りは由々《ゆゆ》しい。自分の喋《しゃべ》りでは通じないと、自覚してしまっているからだ。

「いいよ、とりあえず上着、着て。たすきもかけて」

「そこらへんに落ちてるかも。ふたりで捜して……」

選挙管理委員が顔を出して「一Bさんそろそろ準備お願いしまーす」と告げた。

「捜す時間はないよ。今、対策しちゃおう。小早川《こばやかわ》さん、カンペの内容どんくらい暗記してた？」

「完璧《かんぺき》に暗記してたと」

「なんだ、問題ないじゃん」

「でも、紙なくしたショックで全部忘れちゃったみたい……」

見つめ合ったまま沈黙するふたりを、スポットライトが照らした。

……錯覚《さっかく》だ。直幸《なおゆき》は頭を振った。

「いい、よく聞いて。暗記はしないでいい。ポイントと話す順番だけざっくり把握して。細かいところはニュアンスで話して構わないから。まず小早川さんのスピーチは、大きく五つの部分からなりたってて、最初は挨拶《あいさつ》と自己紹介、次が——」

直幸はできる限りの説明をした。

「という流れなわけ。わかった？」

「……うん。全部吹っ飛んじゃったわけじゃないみたい。なんとか、思い出しながらやれる、かも」

「つかえてもいいし、詰まってもいい。どっちにしても時間を稼《かせ》ぐためゆっくり話すこと。事前の俺《おれ》の推薦演説もよく聴いて。そっちのスピーチと同じ構成で話すようにするから。ふたりで同じこと言っちゃうけど、違和感はないと思う」

「うん、うん、わかった……やってみる」

そしてマイクが、生徒会長候補一B小早川千尋《ちひろ》の順番を告げた。

ふたりで壇上に歩み出る。

瞬間、全校生徒が失笑した。

千尋の足が止まる。

しまった、と直幸は己《おの》が不明を恥じる。一番に、予測しなければならないことだった。空気を読める直幸が、絶対に注意しておくべき点だった。

推薦者がひとりしかいない候補者なんて、ナニソレ、なのである。人気ないんじゃないのチョーウケル、なのである。色物枠《いろものわく》なのだ。

だから皆の前に歩み出た瞬間、笑われる。悪意とまではいかずとも、嘲笑《あざわら》う人間たちの顔が演台の向こうにひしめく。

そういう覚悟をしておく必要があったのに、失念《しつねん》していた。

「……」

案の定、千尋は立ち尽くして自分を見失っているように見受けられる。

「落ち着いて。まず俺《おれ》からだから」

耳打ちするが、反応はない。

推薦人、応援演説、一年Ｂ組、飯嶋直幸《いいじまなおゆき》——

大勢で支える垂れ幕は持てないので、自立する立て看板をその場に置いて、直幸は演台の前に立った。マイクを通じて、自分の声が拡大される感覚に少したじろぐ。だが持ち前の冷静さで、なんとかつかえることなく演説を終えさせた。

推薦者はひとりだけだ。

次はもう立候補者の番である。

それさえもおかしいのか、会場全体から笑いが漏《も》れる。

しずしずと、千尋《ちひろ》は演台に立つ。

そして、

「いっ——」

高音を吸いきれず、マイクが音割れした。

どっ、と会場が沸騰《ふっとう》する。すでに楽しい見世物《みせもの》の空気になっていた。

「落ち着いて」

マイクが拾わない程度に、エールを送る。聞こえているのかどうか。

「い、一年Ｂ組、こ、ばやかわ、ちひろ、です」

世にもむごたらしい三分間がはじまった。

どうにもならなかった。

千尋はもうグチャグチャだった。支離滅裂《しりめつれつ》で、ちぐはぐだった。しかも直幸の教えは彼方《かなた》に消え去り、「絶対正義」だの「真のモラル」だの「啓蒙《けいもう》」だの「人民は皆精神的に不潔」だの、彼女本来の過激な思想が前面に出てしまっていた。

一同啞然《あぜん》として声も出ない。

だがある時を境に、ぴたりと千尋の演説は停止してしまった。

長い停止。体育館がざわつく。

千尋が口を押さえた。

ドクターストップ、と直幸は判断。千尋に駆《か》け寄り、肩を抱いて舞台袖《そで》に導《みちび》く。

千尋は抵抗しなかった。

一瞬、会場のほうを見やって、悩む。

本当の意味で、千尋の応援演説をしてやろうか、と。

生徒会運営に真に必要な、底抜けに高い事務能力について。堕落《だらく》したがる人々の総意に屈しない、強い意志力について。そして皆が思っているほど堅物《かたぶつ》ではないことについて。

語れることはいくらでもあった。

だが——

「……っ」

演台の向こうには、悪意とまではいかずとも、嘲笑《あざわら》う人間たちの顔がひしめいていた。

笑って良い、という総意がわだかまっていた。

自分が暴走しても、千尋《ちひろ》の評価が好転することはない、と、事実のような言いわけのような思考で自分をいさめた。

対抗馬の生徒会長候補は、ＭＡＸ二十名の推薦人たちを引き連れて舞台に立った。

一年Ａ組、佐々木修人《ささきしゅうと》。

言葉を交わしたことはないが、Ａ組の中心的な男子だということは知っている。

推薦人を代表して三名が、ひとり三分の推薦スピーチを当たり障《さわ》りなくすませる。内容は、どれも似たようなものだった。彼は面白くて友達多くて流行に詳しくてクラスをいつも盛り上げてくれて引っ張ってくれる、最高のアゲメンです。

その後、佐々木本人が演説。

ナイッシュー。どうも、サッカー部じゃないけどサッカー大好き期待の新人、佐々木修人です——

いきなり摑《つか》んだ。

言っていることはありきたりな、男子高校生ノリである。ギャグにもなっていない。しかし好感を与えるという意味では、たいへん優れた入りであった。カンペなしで、観客から目を離さないところもポイントだ。

直幸《なおゆき》はあーと嘆息《たんそく》し、瞬時に結果を予測して暗い気持ちになった。

この学校には笑いが足りないと思います。笑顔があってはじめて、健全な高校生活なんだと俺《おれ》は思ってます。最近、生徒会のほうで締め付けを厳しくする方向になってますが、俺はあれが正しいとは感じません。あれはルールの押しつけ、権利の侵害《しんがい》です。ああいうことをすると笑顔はなくなります。それで風紀は守れるかもしれませんが、もっと大切なものが失われるはずです。校則はあくまで目安、法律じゃありません。制服を改造したっていいじゃないですか。携帯持っててもいいじゃないですか。若者らしくメイクしたっていいでしょ。誰に迷惑がかかりますか。授業中に携帯いじってたら、自分の成績が悪くなります。みんなそんなバカじゃありません。俺はイマコーのみんなを信じてます。この学校には、いちいち禁止にしなくたって自分の面倒は自分でみれるヤツしかいません。俺の生徒会長としてのスローガンは、だから『信頼』です——

勝ち目があるはずもない。

俺はみんなのこと信じてるから。こんな言葉とともに放任してくれる生徒会長を、支持しない高校生は存在しない。

即日開票の結果、生徒会長は佐々木修人《ささきしゅうと》に大決定した。

千尋《ちひろ》は落選した。

票差は圧倒的だった。

集計によると、九十四パーセントの生徒が佐々木に一票を投じた。

六パーセントで何人くらいなのか、直幸《なおゆき》は計算してみた。意外に理解者がいるんだな、と感心したくらいだった。あんな壊滅《かいめつ》的な演説で、だ。よく考えれば、ブレーンがこんな認識では当選できるはずもない。そんなことを本人に言っても、慰《なぐさ》めにもなるまいが。

佐々木陣営は互いに抱擁《ほうよう》しあって、大はしゃぎしていた。

千尋は青い顔をしていた。

人間、本当にショックなことがあると、そんな顔色になる。

一度吐《は》いたせいもあって貧血気味ということもあるだろうが。

慰めの言葉はなかった。今なにを告げても、白々《しらじら》しいものにしかならないと思った。


「舞台で笑われた時、いきなり怖くなっちゃった」

投票日の放課後、備品置き場で後片付けしている時、それまで黙々と働いてきた千尋がそんな告白をしてきた。

「……誰だって怖いよ、あれは」

「ごめんね、骨折ってくれたのに」

「いや」

「実はずっと怖かったの」

「我慢してたのか」

「そう。自分に言い聞かせて、意地でも踏みとどまるつもりで……けど、あの時、なんだかそういうのが全部はじけ飛んだ気がする」

「アクシデントだよあれは。またしばらく休めば、元どおりだって」

千尋は黙りこくる。否定的ニュアンスの沈黙。

「強くなったつもりでいたのにね」

「小早川《こばやかわ》さんは強いよ」

「廃墟《はいきょ》、見てきてるのにね。甘かったみたい」

「選挙は仕方ないよ」

どうあっても皆の理解と支持が必要なのだ。

佐々木がやったような、自由放任にすることで受けを取るような者がいる限り、厳格なリーダーは台頭《たいとう》できなかったはずだ。

最初からわかっていたことだ。

だから皆、空気を読んで生きていく。

正義感をこじらせた千尋《ちひろ》に、その妥協《だきょう》はできない。

今後のことを考え直さねばならなかった。

イマコーでは、庶務《しょむ》は生徒会長が指名することで決定される。

佐々木《ささき》の下で、千尋は働くことはできないだろう。いろいろな意味で。

クラス代表会議にしても生徒会の下部組織のようなものだから、彼女のための居場所はまた一段と狭苦しくなってしまうはずだ。

直幸《なおゆき》の出番は、ここからなのだ。


人の性格が急変する、というものを直幸ははじめて目《ま》のあたりにした。

数日は単に元気がないな、くらいに思っていた。

だから気を遣って、そっとしておいた。

しばらくすると、妙だなと思うようになった。

元気がないというより、今までより物事に反応しなくなったように感じられたのだ。

注意しないのである。誰にも。

こんなことがあった。

クラスの誰かが教室でゴム風船でバレーをはじめた。大人のゴム風船である。ゴム風船（R－18）とでも表記すべき代物《しろもの》だ。つまりは近藤《こんどう》くんであった。近藤くんは最近、すっかりクラスの一員となった節《ふし》がある。男子のひとりが受け狙《ねら》いで持ち込んだものが、遊具として流行するようになったのだ。高校生としては少し幼《おさな》い遊びだが、精神年齢には個人差がある。

近藤くんはよく膨《ふく》らむ。膨らんだ近藤くんは、先端にポッチのついた風船になる。水を入れて良し、バナナにかぶせて良し、一発受けを取るにはなにかと便利なアイテムだ。だが皆で遊ぶなら、やはり風船が最適だった。というわけで、教室後部では男女入り乱れてのR－18バレー大会が開催されていた。

期末考査後の自習時間で、遊ぶなというほうに無理がある。

R－18バレーの基本ルールは席を立たないことである。

座ったままで打ち合うのが粋《いき》とされた。江戸っ子だった。

逆に無粋《ぶすい》なのは本気で嫌がってよけることだ。参加することに意義があり、参加せぬことには異議があるのだ。

誰かが近藤くんをレシーブするたび、教室には爆発音のような笑いが生じた。大半の者がニヤニヤしながら近藤くんの動向を見守っていた。こういうノリを厭《いと》うごく少数の者だけが、我関せずと視線を無理やり外していた。そういう者は、当然ゲームには参加しない。

「くらあ！　片山《かたやま》おめー打てよーつまんねーやつだなー、近藤くんは仲間じゃねーかー！　かわいそうだって思わねーのかーモー！」

　地面に落ちると、表面がぬめっている近藤《こんどう》くんには大量のほこりや毛がついて、いかにも汚《きたな》らしくなる。近藤くんが訪ねてきても無視する。それもまた、無粋《ぶすい》な態度とみなされた。だから少々面倒に思っている程度の嫌悪《けんお》感であるなら、愛想《あいそ》笑いでも浮かべてさっさと打ち返すほうが得策だった。だがこれは、一般論である。

　近藤くんはクラスで唯一《ゆいいつ》、どんなことがあってもそうした遊びには頑《がん》として参加しない千尋《ちひろ》の頭上に落ちていった。

「やべーっ！」

　本ゲームの主催者である小沼《こぬま》が色を失う。

　参加しないどころではない。

　実は多少のおいたであれば、千尋は看過《かんか》してくれることも多い。が、もし自分を巻き込もうものなら真の力に覚醒《かくせい》したかというほどにキレる。近藤くんが頭に落ちてこようものなら、激《げき》高《こう》確実だ。その怒りっぷりが小沼は前々から苦手であった。母親と似ているからだ。

　近藤くんはどうやら千尋の頭部に直撃するコースのようだ。

　一波乱ある。誰もがそう予想した。

　小沼だけが奇跡を願った。

　奇跡は、起きた。

ただし最悪方向でだ。

千尋の頭に落ちた近藤くんは、ぴたりと吸い付くように頭頂部にバランス良く乗ってしまったのである。

「〰〰〰ッ」

下品な遊びからはちょっと距離を置いていた中目黒《なかめぐろ》が、盛大に吹いて沈没した。

だけではなく、クラス全体が噛《か》み殺しきれない笑いに震えた。

小沼は抱腹《ほうふく》しながら、死を覚悟した。

異《い》なことが起こった。

千尋は無言で、頭上の近藤くんを手に取る。そして興味なさげに、後ろに放ったのである。

そばで見ていた直幸《なおゆき》が目を丸くした。

まったくもって、彼女らしい反応ではない。

この時から、直幸は不安を覚えはじめた。

似たような悪ふざけは、冬休み直前のこの時期、二度三度あった。

いずれも千尋は、怒《いか》りをあらわにしなかった。

「小早川《こばやかわ》さん、大丈夫?」

ある時、思い切って訊《き》いてみた。

「……何が?」

いったいどこがおかしいの。千尋《ちひろ》は本気で、そう思っている節《ふし》があった。

何を考えているのか、さっぱりわからなくなってしまった。

わからなくなったまま、冬休みに突入してしまった。

何度も声をかけた。メールを出した。

遊びに誘った。

雑談に招いた。

千尋は拒《こば》んだ。

彼女らしいきっぱりとした拒絶《きょぜつ》ではなく、気分じゃない、とらしからぬほどに物憂《ものう》い態度で拒んだ。

クリスマスが他人事《ひとごと》だった。正月なのにめでたく感じなかった。焦《こ》がれるような思いで待った新学期、期待してのぞんだ三学期初日、やはり千尋が無気力だった時、直幸《なおゆき》は大切なものを失った気分に陥《おちい》った。

いつから自分は、ただ隣に座っているだけのクラスメイトになってしまったのか。

相手と同じ思考を共有できていないと落ち着けないというのは、直幸が現代の世知辛《せちがら》い友達地獄を生きる少年だからである。

小さな友人グループにおける関係維持は至上命題《しじようめいだい》で、その小さな幸せに不釣り合いなほど、皆エネルギーを注いでいる。

直幸はそんなゲームでの勝利者だった。

だから染みついている。

まず同じ土俵《どひよう》に立ってから、相手と向き合うという習性が。

同じ言語で話すということ。同じ価値観を共有するということ。同じように笑い、同じことに怒るということ。同じ目的に邁進《まいしん》すること。

だが今の千尋は、それら一切の対話を退《しりぞ》けている。

直幸はそういう状況下で、強くストレスを受けるのだ。

理解できたら安心なのだ。理解できなければ不安。どんなことだってそうだ。

だから直幸は再び、小早川《こばやかわ》ブログを見ることにした。

千尋が、脱いでいた。


返した手の甲で目線を隠してはいたが、疑う余地もなく、それは千尋の輪郭《りんかく》だった。

見慣れたあごの下に、肌《はだ》色が続いているのを視界に入れた時、直幸は脳天を殴られたに等しい衝撃《しようげき》を受けた。

自画撮り、というやつだ。

最後の一線は越えてなかった。

水着を着ていた。着ていてくれた。だけど水着は、なにやら、妙に扇情《せんじょう》的で。

彼女のことを大切に見ていた直幸《なおゆき》は、その有様《ありさま》に憤《いきどお》りにも似た感情を抱《いだ》いた。

「待て待て待て……」

泣きそうな声をあげながら、過去ログをあさる。

しばらく遠ざかっていた間に、膨大《ぼうだい》な数のアップがあったことにまずぎょっとする。

更新ペースがおかしい。日数から考えても、一日複数の更新をしなければこの数にはならないはずだ。

読んでいく。最後に閲覧《えつらん》をやめた日付から。

それはあの文化祭の日からだ。

失恋に失敗した、忌《い》まわしい日。

千尋《ちひろ》はその日から、嵐《あらし》のただ中にいたのだ。

タイトル　無題
よくわからないことがおきた。

よく、わからなかった。
困る。
どうしよう、困る。
ただ、ひとつだけわかる。
これはきっと正しくない。
間違いだ。
良くないことだ。
是正《ぜせい》がいる。だけど、どう正していいのかわからない。
自分が悪いのか、向こうが悪いのかもわからない。
だからこの感じが、適切かどうかもわからない。

いきなりお金を要求されたみたいに思えた。

失敗したのだ。
行動より、言葉で確かめ合うべきだった。
対話すべきだった。

なんてこった、と直幸《なおゆき》は今さら成立しない後悔に沈む。

読み進む。

ブログの傾向は、その日からがらりと変わった。

世相《せそう》を斬《き》るような過激な、だけど薄っぺらい意見は影をひそめ、かわりに弱音《よわね》が目立ちはじめた。

委員会のこと、クラスの仕事のこと、友達がいないこと。

すべて気に病《や》んでいた。平気ではなかったのだ、最初から。

そして選挙――

失いかけた自分を取り戻すべく、千尋《ちひろ》は生徒会長に立候補する。

結局は、ここで直幸に頼らざるを得なかった。推薦人が最低一名、必要だったからだ。

なのに千尋のブログに、直幸の存在は一行も出てこない。

存在を匂《にお》わせるような描写がまるでない。

透明人間の扱いだ。

逆説的にそれは直幸を意識していることの証《しょう》拠《こ》でもあるが、直幸はそのうつろな描写に病理的なものを感じずにはいられなかった。

タイトル　落選

落選。

おしまい。

望みなし。

逆にすっきりした、かも？

今まで気を張りすぎていたと思うから、もう無理はやめようと思う。

自然に生きよう。


この日より、ブログのコメント欄が解放される。

ただしコメント自体はついていない。

ブログの内容も、観《み》たテレビの内容だとか食べたものだとかどこそこに出かけたとか、日常の出来事を薄く報告するようなものに変じた。

その変化にともない、より身近なものの画像が掲載されるようになった。

以前はほとんど文章だけのブログだった。

今は内装とか小物などの写メが、もっぱらサイトを彩《いろど》っている。

コメントがつくようになったのは、買ったばかりの洋服の試着写真をアップするようになってからだ。

場末のブログでも、見ている人はいるものだ。

「かわいい服ですね」とか「現役《げんえき》高校生うらやましい」とか、同性からとおぼしきコメントがつくようになった。

千尋《ちひろ》の心理が直幸《なおゆき》には手にとるようにわかる。

嬉《うれ》しかったのだ。

誰かに認めてもらえて。是認《ぜにん》してもらえて。

その方向に、千尋は走った。

安易な人気取りに。

その果てにあったものが、水着の自画撮りなのかと思うと喚《わめ》きたくなる。

「唐突……すぎるわけでもないのか」

ネコミミ騒動を思い出して、直幸は忌々《いまいま》しげに椅子《いす》に身を沈める。

コメント欄は今では常連でいっぱいだ。

ただしその大半が男だった。水着なんてアップしていれば当然だ。現役女子高生という肩書きもまずい。扇情《せんじょう》的だ。

体つきの幼《おさな》さに反して、過激な水着。

今日《きょう》もかわいいよ体つきとのギャップ最高です胸けっこうあるんだねーオイラとつきあって

くれ結婚してくれ今度ビキニつけてみてよー高校どこん？

　直幸は焦《こ》がれる。

　男たちの性的な期待に満ちたコメントは、目に入るだけでも不愉快だ。死ね。疾《と》く死ね。腐《ふ》肉《にく》になれ。腐って大地に還《かえ》れ。滅《ほろ》ぼしたい。滅ぼしたい人はココをクリック、ボタンはないのか？

　ガッガッガッと無意味に画面をクリックしていた直幸は、見たくもないコメント群の中にとんでもないものを発見してしまう。


　制服からすると今野《いまの》高校だね――


「オーマイブッダ！」

　直幸はひっくり返りそうになる。

　出たよ制服マニア！

　トレス元を洗い出してパクでラレで比較して重ねてトリミングしてフーイズで元ネタ画像でドメイン検索して住所割り出してグーグルアースで家の前までコンニチハやっぱり気になる顔写真はみんなで共有してネタにするよインターネット狼《おおかみ》の群れが女子高生に群がって。

　待て、と直幸は冷静になる。

小早川《こばやかわ》ブログはブログサービスじゃない。

ドメイン、取得しているんじゃないか?

ドメイン検索サービスに、アドレスをおそるおそる入力して、リターン。

個人情報、炸裂《さくれつ》。

「きゃ————————っ!」

小早川正太郎《しょうたろう》、でドメイン登録されていた。お父様の名前でしょうか? はじめまして僕飯嶋《いいじま》っていいます。いやー、見事な個人情報っぷりですねお父さん。住所とか電話番号とかメールアドレスまで! 娘さんの個人情報を僕にください!

「しっかりしてくれよ正太郎さんよお!」

今時こんな無防備な人間がいることが直幸《なおゆき》には驚きだった。

「まずいよこれまずいよ……高校バレてるし……いろいろバレる。学校にバレる……それが、一番まずいよな……自画撮りって……停学? いや、そんなことより小早川さんの名誉がぁぁ……!」

右往《うおう》して左往《さおう》してから、思い出したようにがばと画面に食らいつく。

さっきの高校特定コメントは、最新。書き込み時間は、ついさっき。住所などはまだ洗い出されていない。騒がれてない。

まだ今なら、全部畳める。

致命的なことになる前に、インターネット大作戦されちゃう前に、小早川ブログを閉じてしまえばいい。

そのためには。

直幸が、千尋《ちひろ》に、伝えればいい。

やあチヒロ！　君のブログ、スパイされちゃいそうだぜ！　今すぐ個人情報対策しな！

きりもみしながら、直幸はベッドにダイブした。

「うわあああああぁぁぁ……」

枕《まくら》に叫ぶ。王様の耳はロバの耳方式の絶叫法で。

そんなこと堪《た》えられない。でも――

やらなきゃ、小早川フェスティヴァルである。

現役《げんえき》ＪＫがヒモ水着で自画撮り、なんてことにでもなれば、絶対にピックされる。そうしたら高確率で個人情報の洗い出しが開始される。高校がばれて名字がばれたら、もうあとは一本道だろう。

メールをしたためる。ていねいに、しかしわかりやすく書いた。

あとは送信するだけ。

迷って、迷って、ためらって、唸《うな》って、唇《くちびる》をくうっと噛《か》んで、そんな葛藤《かっとう》ははじめてのことで、吐《は》きそうになるほど思い詰めて、そして断腸《だんちょう》の思いで、送信ボタンを押した。

「やっちまった……」

意外にもそれは、爽快《そうかい》な行為だった。

心にのしかかっていた負担が、嘘《うそ》のように消えていた。

出してから、フリーメールで匿名《とくめい》で警告すれば良かったのでは、と気づく。

「いや」

それでは、今までと変わらない。負い目は消えない。

これで良かったのだ、と自分に言い聞かせた。

五分後、電話がかかってきた。

直幸《なおゆき》は出た。

「……やあ、小早川《こばやかわ》さん」

これでうまく失恋できるかもな、と直幸は思う。


いろいろな感情が渦巻いていたはずである。

「おかしいと思った」

「ごめん」

言いたいことが山ほど、あったはずである。

「たまに、やけに理解されすぎてるなって……喜んでた自分がバカみたい」

「本当にごめん」

最終的に出力されたのは、彼女らしいことに、涙だった。

「……ばかにしないで」

「ごめんなさい」

校舎裏という伝統のロケーションで、直幸は千尋《ちひろ》と会い、潔《いさぎよ》く頭を下げた。殴られても罵倒《ばとう》されても良いと考えていた。

だがまずは、こちらの謝罪からだった。くの字以上に体を折って、ひたすら相手の言葉を待つ。

いくら待っても言葉はない。

面《おもて》を上げた。そこには、もう誰もいない。


翌日から、小早川千尋は学校を休みはじめた。

彼女がいなくても、教室には少しも影響がないのが腹立たしかった。

直幸は気力を根こそぎ失っていた。

ぼんやりと、ノートも取らずに一日中過ごして、何度も教師に注意された。

ホームルームで担任教師が「それと残念なお知らせがある。今日《きょう》、欠席している――」と口にした時、直幸《なおゆき》の全身を悪寒《おかん》が貫《つらぬ》いた。

「片山《かたやま》は家庭の事情で転校することになった。急な話なのでもういないが、クラスの皆によろしくと言付《ことづ》かっている」

悪寒がこじあけた穴から、力が抜け落ちていった。

なんだそりゃ。辞めちゃうし。存在感ない奴《やつ》だったな。ノリ悪かったしな。まあよろしく宣言ってことで後腐《あとくさ》れなくお別れだな。一Bの面々が口々に言う。

直幸は振り返って、後ろのほうにぽつんと空いている、片山の席を顧《かえり》みた。

きっとクラスの誰も、自分たちが悪ふざけの延長線上にある行為に荷担《かたん》したとは思ってもいないだろう。誰かが片山に「暗いなおまえ」と言い、また別の誰かが冗談でロッカーに閉じ込め、さらにまた別の者が「ノリが悪い」となじる。それをされたほうは、こう思う。「クラス全体にいじめられた」と。

切ない話である。

そんなふうにひとりの仲間が去ったというのに、クラスの面々はゲラゲラと笑っていた。

何がそんなに楽しい――

最前列に座ってると、見えないものがいくつもある。

教室の後ろに、だらしなく運動部連合のカバンが積み重なっていた。

誰かの上履きが片方だけ、転がっていた。

お菓子の外箱が捨ててあった。

窓にほこりが付着して黒ずみになっていた。

汚れるのも当たり前で、このクラスは近頃《ごろ》、まともに掃除をしていない。

机を下げて、モップで遊んで、ろくに床《ゆか》もはかずに机を戻す。窓もふかず、ゴミも拾わず、整頓もせず、なすがままなるがまま。

たぶん、全校でもっとも汚れている教室のはずだ。

美化委員のせいだ。つまり、飯嶋《いいじま》直幸にやる気がないからだ。

席順は知らぬ間に勝手に交代され、以前の並びとは異なっていた。

不良なんてひとりもいないはずなのに。

職員室に行けば教師たちが「一Bは何なんかねありゃ」「今年一番の問題クラスだなあ」などと話しているのが嫌でも耳に入る。

地に足のつかない気分で教室に戻る。つま先がお菓子の空き箱を蹴《け》った。拾う。

ふつふつと、沸《わ》き上がってくる衝動があった。

それは熱気ではなく、冷気をともなっていた。

直幸はチャンバラをしたり雑談をしている、クラスの仲間たちに言う。

「なあ、たまには真面目《まじめ》に掃除しようぜ」

少しの間を置いて、皆が爆笑した。

それで、やっと心が決まった。


「唐突ですが、今日《きょう》から美化週間が開始されます。ちょおっと教室、汚れちゃってて、問題になってくれちゃってます。トイレ掃除、全然やってないでしょ？　クレーム来てます。これ以上放置するようだと学校中の強制トイレ掃除当番になることが生徒会で決まっちゃいましたー」

教室全体からのブーイングを、直幸《なおゆき》は壇上で「ごめんなー、どうにもできなくてさー」とさもすまなそうに頭を下げた。どう見ても白々《しらじら》しかった。

「あと服装の乱れや私物の持ち込みが最近また顕著《けんちょ》になっているとのことでぇ、両検査をより徹底して行うことになっちゃいましたぁ。上の判断で」

津波のようなブーイングを、直幸は「わるーい、止めようと思ったんだけどどーしてもできなかったわぁ」とやんわり封じた。

時に脅《おど》し、時に懐柔《かいじゅう》しつつ、直幸は陣頭《じんとう》指揮をとって掃除習慣の改善にあたった。

服装検査の時には、ニコニコ微笑《ほほえ》みながら身内を断頭台《だんとうだい》に送り込んだ。最初の犠牲者はかつての仲間、テニス部員のひとりで、罪状《ざいじょう》は腰パン罪だった。

私物検査では、隠れてリップを持ってきていた女子を追い込んで泣かし、近藤《こんどう》くんを持ち込んだ男子に校舎内不純異性交遊の嫌疑《けんぎ》（冤罪《えん》）をかけて職員室に連行《れんこう》した。

鬼とまで呼ばれた。

直幸は笑みを絶やさなかった。

この時期、小早川《こばやかわ》千尋《ちひろ》が再び通学しはじめた。

彼女は以前とは打って変わって、沈黙の女子高生だった。

校則を無視する者がいても黙殺《もくさつ》。

自習中に騒ぐ者も黙殺。

声高《こわだか》に飲酒トークする者も黙殺。

そして何より飯嶋《いいじま》直幸を、黙殺。

授業を受け、休み時間は文庫本を開き、終わると帰る。クラス代表の仕事ももうしてはくれない。

千尋のことだけは正直、堪《こた》えた。

「まあ……失恋なわけだしな」

そう納得させるしかなかった。

挫《くじ》けてはいられない。

アゲアゲでノリノリに、イケイケだった。空元気《からげんき》でエンジンぶん回して、エコパワーで驀進《ばくしん》した。

掃除をサボった生徒らに読書を強《し》いた。読書感想文は四百字詰め原稿用紙で十六枚を要求した。

タバコを隠し持っていた男子生徒を、平然と教師に言いつけた。

それはタブー中のタブーだったが、知ったことではなかった。飯嶋直幸《いいじまなおゆき》3.0は未知の存在だと思ってくれて間違いないと嘯《うそぶ》いた。

友達などはすぐになくした。あまりの行動に、篠山《しのやま》でさえ距離を取った。直幸はもう教室で誰かと雑談することはない。

小早川千尋《こばやかわちひろ》はごくまれに、直幸の奇行《きこう》に冷たい目線を飛ばしてきた。が、口出しすることはついぞなく。

クラスの『ウザいヤツランキング』と『前ちょっと良かったのに最近落ちまくったヤツランキング』で直幸が統一王者になる頃《ころ》には、バレンタインは目前となっていた。

すばらしきかなバレンタイン！

直幸は生徒会と教室を活《い》き活きと暗躍《あんやく》し、バレンタインまでに菓子類持ち込み禁止を徹底させようと奮闘《ふんとう》したが、力及ばずそれは間に合わなかった。他クラスでも反対が出たりして、ごり押しが成立しなかったのだ。

奮闘したたには理由がある。

転校した片山《かたやま》と連絡をとりあった結果、悪質なバレンタイン悪ふざけが計画されていたことを知ったからだ。

内容はわからないが、女子たちによる、やや浮きがちの特定男子に対するいたずらの意図は確かにあったはずであるようだ。

片山はそれを偶然耳にして、それで心を折られたのだという。

教室ではほとんど話すことのなかった彼は、メールでは饒舌《じょうぜつ》だった。最後には「まさか君が挨拶《あいさつ》くれるなんて思ってなかったから驚いた。ありがとう」と結んで、交信を終えた。

ある時、中目黒《なかめぐろ》が話しかけてきた。

狡猾《こうかつ》なことに、周囲に誰もいないタイミングを選んで。

「どうせわかんないだろうけど……飯嶋、ターゲットにされたよ」

バレンタインの件だとすぐにわかった。言わないでおいた。

「ひどい目にあうよ。心、えぐられるよ」

「ふーん」

「……とりなしてあげようか？」

「本当？　条件は？」

中目黒はそうそうそれでいいんだよ、と前置いて、

「うちらのところで、いろいろ便宜《べんぎ》をはかってほしいんだって。飯嶋、最近おかしいけど意地張ってるだけだって小沼《こぬま》は信じてるし、反省するならグループに入れてやってもいいみたいな

流れになってる。飯嶋《いいじま》、権力あるみたいだし」

「断《ことわ》っとく」

中目黒《なかめぐろ》がむくれる。

「どうしてそういう意地張るかな」

「欲しいものがあるから」

「なに？」

「炎の剣」

「ん？　なにそれ、ゲーム？」

「俺《おれ》にもできるはずなんだ。あれがあれば、友達なくても平気なんだ」

「……私、飯嶋のことはヒョーカしてたんだけどなあ」

直幸《なおゆき》の発言を、対話の意思なしと見なしたのだろう。中目黒の声には険《けん》があった。

「俺も中目黒のことは高性能ハイエナだってヒョーカしてたよ。似た者同士だったはずだけど、全然違うほうに進んだもんだなあ」

完全な挑発《ちょうはつ》だった。

「あっそ。わかった、もういいや。これも一応いっとくけど、飯嶋のことだから私が怪《あや》しいとか決めつけてるんだろうけど、これから起こることは私が黒幕とかじゃないから。誰かが発起《ほっき》人《にん》なんじゃなくて、自然発生的にまとまった話だからね」

「わかってるよ、それは」

嘘《うそ》ばっかり、と中目黒は鼻白《はなじろ》む。

冷めた一瞥《いちべつ》を投げつけて、ぶっきらぼうにポケットに手を突っ込んで去った。

「嘘じゃないさ、たぶん」

直幸の指先は、緊張でしもやけになったみたいな掻痒《そうよう》感に襲《おそ》われていた。

ああ、これは素手《すで》で雪遊びをした時の痛みだ、と。


「だから！　おまえだって最初はこっち側だったろ！　なに今さらぶってんだよ！」

ある日、篠山《しのやま》とマジギレ喧嘩《げんか》になった。

きっかけは些細《ささい》なことだったはずである。すぐに、そんなことはどうでもよくなって、本音《ほんね》トークへと燃え上がった。

「驚いたわ」

胸ぐらをつかまれながら、直幸が軽口を叩《たた》くように言う。

「なにがだよ！」

「おまえが、こっちとかあっちって認識を、認めて口に出しちゃうなんてさ。今まで、絶対にそういうの表に出さなかったろ」

「……出す必要ねーし！　協調性ねーヤツのほうが悪ぃんだからよ！　黙って無視してりゃいいんだろ！　それがなんで、よりにもよっておめーが空気乱す側に回ってんだよ！」

「いや、小早川《こばやかわ》さんとも喧嘩《けんか》しちまってるから俺《おれ》……厳密、こっち側っていうより、第三勢力だろ」

「はあ？　だったらなおさら意味ねーよおめーのやってることはよ！」

「篠山《しのやま》、あまりさ」

テニス部仲間が、篠山のやりすぎを諫《いさ》めようと、腕に手を置いていた。

「大丈夫だよ殴んねーよ。ただコイツによ……。部活まで辞めてバカなんじゃねーの？　頭おかしくなってんだろ？　意味わかんねーよ、信じらんねーよ……」

気合いの入った怒号《どごう》も、長くは続かない。激した姿を人に見せることに不慣れなのだ。

意気消沈《いきしょうちん》して、手を離す。

「筋力、ついたじゃん」

「だからなんだよ。おめーほどにゃ振れねーよ。わかってるよ」

ふてくされたように吐《は》き捨てる。

「一年のうちに戻らなかったら、試合出られねーからな」

納得できないものを抱えて、彼もまた直幸《なおゆき》のもとを離れた。

夕刻の教室にひとり、ぽつねんと取り残される。

胸元を整える。ボタンがひとつ、弾《はじ》け飛んでいた。

と――

人の気配がして、小早川千尋《ちひろ》が入ってきた。

「あ……」

絶縁《ぜつえん》してることを忘れて、つい気安く声をかけそうになる。

千尋は表情のスイッチを切ったみたいな顔をしていた。

隣の席で、帰り支度をはじめる。今まで直幸らが争っていたので、教室に入れなかったのだ。

「悪い……ふっかけられて」

「……」

黙殺《もくさつ》、であった。

「俺が今やってること、どう思ってるか知らないけど……ひとつだけ話しておくよ」

千尋は手を止めない。見もしない。

「ごめんな、小早川さんの猿真似《さるまね》みたいなことして。別にあてつけるわけでも、ご機嫌取りしてるわけでもないから、それだけは言っておくよ。あのことも、許してくれなくていい」

「……」

手は止まらない。一冊一冊、大事そうにカバンに詰めていく。

「ただ今の俺は、こういうやり方しか選びたくないんだ。もう廃墟《はいきょ》の住人になるのは、我慢できそうにないから」

「……」

「俺《おれ》、性格悪いんだよ。陰湿《いんしつ》なの。相手のこと、把握しないと不安でしょうがないんだ。そうやって、相手を支配下に置きたいって思うんだな。未知の存在が、怖くて怖くてしょうがないんだ。自分より格下の相手と話すのがすごく楽だって感じる、しょーもない人間なんだ。ずっとそれでやってきたから、小早川《こばやかわ》さんに向き合う勇気がまるでなかった。観察して操《あやつ》ってなだめすかして……そんなやり方が、うまくいかなくて良かったよ。小早川さんが俺を拒《こば》んだの、正解だよ――」

一方的に語りながら、直幸《なおゆき》は涙を流していた。


二月十四日、バレンタインデー。

直幸はそれなりの覚悟とともにこの日を迎えた。辱《はずかし》めを受ける覚悟はできていた。当然の代価《だいか》だったし、耐えねばならないことだ。

教室は……良くなったはずである。以前のように、荒れ放題ということはなくなった。ガラスだって磨かれて、きれいなものだった。

見合っているのかと問われれば、それは、儚《はかな》い報酬《ほうしゅう》としか思えない。転落したかわりに教室は美化されました、では釣り合ってない。

でも、直幸にはもうこれしか残されていないのだ。

ひとつだけ誇れることがある。納得できていることだ。矜持《きょうじ》とか自尊心とか、そんな大げさなものではないだろうが、それは確固たる報酬ではあった。

自分の意思で、誰にもおもねらずに、今、いる。

当人らがたわいない悪ふざけと思っているイベントは、一時間目の開始前にはじまった。

女子には話が伝わっていたはずである。

男子には伝わっていなかっただろう。

市販の箱チョコを満載したバスケットを下げた椎原《しいはら》に数人の女子が、教壇を勇ましくジャックする。椎原がばん、と教卓に両手をつき、

「えー、一B女子一同からー、日頃《ひごろ》の感謝をこめてー、男子諸君にバレンタインチョコレートを配りたいと思いまぁす。名前を呼ばれた人、出てきてくださーい」

男子一同がエキサイトする。

直幸は一瞬でこの悪ふざけの内容を見極め、なるほど、と気を抜く。

思っていたより、ずっと幼稚《ようち》だった。

椎原の両脇《りょうわき》を固める四人の女子が、左からテンポ良く名前を呼び上げていく。呼ばれた男子は威勢良く返事をしたり照れくさそうに笑ったりしつつ、いそいそと前に出てラッピングさ

れた箱チョコを恭《うやうや》しく頂戴《ちょうだい》した。受け取ったブツを高々と掲《かか》げて、勝利の雄叫《おたけ》びをあげる者もいる。

次から次へと呼ばれる中に、最後まで飯嶋直幸《いいじまなおゆき》の名はなかった。

そういう恥をかかせる、嫌がらせなのだった。

椎原《しいはら》たちがニヤニヤ笑って直幸を眺めた。

それに気づいた男子勢の視線が、自然と直幸に向く。

その目のほとんどに、同情とおびえが同居していた。ほとんどの男子は、このやり口にえげつなさを感じ取るはずだった。男の自尊心を踏みにじって、みじめにさせるやり口だからだ。

だが同時に、彼らの目には安堵《あんど》や蔑視《べっし》もある。男心だって複雑だ。葛藤《かっとう》や見栄や保身や、そういった感情が渦巻く世界を生きている。

晴れて、異端児《いたんじ》だ。自他《じた》ともに認める。

だからどうした、と直幸は腕を組んでふんぞり返った。最前列で座って、遠慮ない視線を女子イタズラ隊の面々に向けていく。

五人中、四人に目をそらさせることに成功した。それで、満足した。さすがに椎原だけは真っ向からにらみ返してきたが。

いずれにしても、児戯《じぎ》である。

正真正銘《しょうしんしょうめい》の悪ふざけでしかない。こちらのほうが精神的に強い、と優越《ゆうえつ》感さえ胸に秘め、今日《きょう》一日を威風堂々《いふうどうどう》過ごしてやろうと力んでみせた。

指が痺《しび》れた。

目線を少しだけ落とすと、痺れるのも当然で、直幸の右手は氷の刃《やいば》を握り込んでいたのだ。剣というほどの長さはない。短刀、いや大型ナイフ程度のものだ。

「…………」

幻《まぼろし》、錯覚《さっかく》、幻視《げんし》。

どう呼んでも良かった。

現実にそんな武器が存在するはずもないのだ。

それは直幸の心から滲《にじ》み出た、選ばれし者のみが手にできる伝説のソードだ。やっとそのことを理解できた。

「飯嶋直幸くん」

声はすぐ隣からかけられた。

「あげる」

小早川千尋《こばやかわちひろ》が、チョコレートを差し出していた。

椎原たちのコンビニチョコとは違う。あからさまに質感の異なる、デパート購入の高級チョコレートである。

「どう……して？」

もらう理由が本気でわからなかった。

「いちいち理由をつけて人を好きになるわけじゃないから」

ずい、と押し出されたチョコを、じっと見つめた。

嬉《うれ》しかった。メンツが守られたから嬉しいのではない。そんな薄っぺらい嬉しさでは断じてない。丁重《ていちょう》に両手で、それを受け取る。

「喧嘩《けんか》、もうやめね……」

照れくさそうに言った。チョコを渡す時はあれほど堂々としていたのに。

「さて」千尋《ちひろ》はゆっくり席を立つ。

直幸《なおゆき》は感動とともにその光景を間近に見た。

小早川《こばやかわ》千尋の手に、あの、炎の剣が握られている様《さま》を。

ずっと判然としなかったその幻視《げんし》の正体《しょうたい》が、今ようやく理解できた気がした。

空気を読んで、読んで、読解して解析《かいせき》することばかり考え続けた人間だけが、その伝説の武具を時に幻視することができる。

「椎原《しいはら》、さん」

ゆら、と千尋が椎原の前に立つ。

「な、なに、なんよ……」

黒幕でさえない、ただちょっと流れに乗っただけの椎原は、肉食獣《にくしょくじゅう》の檻《おり》に閉じ込められた小動物みたいに怯《おび》える。椎原の目に、小早川千尋はエイリアンだった。クラスに溶け込まず、守らなくてもいいルールを強《し》いてくる。皆でつくる優しい和を乱す、対話できぬ存在だった。数の暴力で、無視することも排除することもできる。だが得体《えたい》の知れぬ相手ととっくみあいをする覚悟など、椎原は、椎原たちは、とうてい持っていなかった。

「いや……椎原さんだけじゃない。あなたたち、全員――」

千尋が壇上から教室を睨《ね》めつける。

卓上に置かれた両の握り拳《こぶし》が、かすかに震えているのを直幸は目にした。

彼女だってクラスの空気に逆らうのは怖いのだ。

空気、それは時に人の意思を歪《ゆが》めて愚行《ぐこう》に走らせる、強迫的《きょうはく》互助《ごじょ》関係。

そんな怪物じみたものにひとりきりで立ち向かうには、武器が必要なのだ。

震える手をぎゅっと握りしめ、見えない武器を手に取って、やっと対等に戦えるのだ。

「いい加減――」

なにか辛辣《しんらつ》な言葉を口にするのだ。しかしその振る舞いが、直幸には別のかたちで捉《とら》えられる。

千尋は炎の剣を振るった。

彼女はなにかを叫んでいた。それはきっと、教室そのものをぶったぎる「思っても口に出せない」過激で挑発《ちょうはつ》的な言葉だ。言われればこのクラスの誰もが泣きどころを突かれたと感じるような、秘められていたウイークポイントだ。

誰かが言い返す。すぐに何人かがその反論に追従《ついじゅう》した。小早川無双《こばやかわむそう》を許すな。数の暴力で黙らせろ。千尋《ちひろ》はそんな彼らを、まとめて斬《き》り捨てる。

こんな出来事を、はじめて体験する。

たったひとりの女の子が、大勢を力強く論難《ろんなん》する光景を。

教室が赤々と燃えさかる。誰かの抗議を、炎が呑《の》み込む。誰も対抗できない。和に隷属《れいぞく》するしかない者は、空気を焼き尽くされれば窒息《ちっそく》するしかない。

無敵の火炎《かえん》剣、炸裂《さくれつ》だった。

皆には悪いが、直幸《なおゆき》は愉快・痛快・爽快《そうかい》の三拍子《さんびょうし》だった。

「てめー飯嶋《いいじま》！　女に守られてなに笑ってんだあ！」

椎原《しいはら》が胸ぐらを摑《つか》んで、キレていた。

涙目でキレても、ちっとも怖くはない。それに、と直幸は自分の手を見る。

彼女ほどではないが、自分にも武器はあるのだ。

冷たくえげつない、氷の刃《やいば》が。

「椎原、おまえ、」

陰湿《いんしつ》で相手のことを把握しないと不安で不安でしょうがない直幸だった。

だから調べられることは調べ尽くす。特に強者《きょうしゃ》のことは。

「整形してるだろ」囁《ささや》く。

ざっくり。椎原の心が切り裂かれるのがわかる。

「整形してまで高校デビューかよ」

「て、適当言ってんなよ飯嶋ぁ！」

「大声で話すとみんなに聞こえるぞ？」

椎原の唇《くちびる》がわなないた。

氷の刃で、唇の間を割る。歯列の隙間《すきま》を、刃の腹で撫《な》でつける。

「適当じゃねーよ。おめーと俺《おれ》の中学時代の友達が、同じ高校なんだよ。画像見せてもらったぞ。全然今と違ってるおめーの画像だよ。そういうの調べるんだよ俺は。陰湿だからさ」

「べ、別に隠してねーし……」

「調べた秘密が、これひとつだけだと思ってるの？」

今度こそ、椎原は骨《ほね》の髄《ずい》まで震え上がった。

調べた秘密はひとつだけで、これは切り札の中の切り札である。ハッタリだ。

だが本人にやましいところがあれば、話は別だろう。

「調子に乗るな、はこっちの台詞《せりふ》だよ。黙っていてほしかったら」椎原の頭を押さえて、力を込める。「しゃがみこんでろ！」

椎原の膝《ひざ》から力が抜け、いとも容易《たやす》くへたりこんだ。

女の子に酷かなとは思ったが、まあ自分で出てきちゃったし、多勢《たぜい》に無勢《ぶぜい》だし、いいかと直《なお》幸《ゆき》は自分を是認《ぜにん》した。

さあ、千尋《ちひろ》を手伝おう。ふたりで空気を切り裂こう。そう意気込んで、顔を上げた時には千尋はすべてを終わらせていた。

死屍累々《ししるいるい》の戦場を直幸は視《み》た。

七、八人が椎原《しいはら》同様へたりこんで、嗚咽《おえつ》を漏《も》らしている。残りの者は教室の後ろにまで逃げて、立場なくうつむいていた。

「終わり?」

「ええ、みんな理解してくれたから、もうこんなことは起こらないと思う」

クラス全員を論破《ろんぱ》して泣かして、それを説得という千尋がおかしかった。

「なに、ニヤニヤして?」

「いや、炎の剣と氷の剣で、なんかRPGみたいで、面白いなって」

直幸は自分の頭をコツコツとノックしてみせた。

千尋は首をかしげた。

昼休み。

ふたりは机を向かい合わせにくっつけて、昼食を食べる。

これもすっかり、日常の光景となった。

「え？　生徒会長？　来年？」

「ああ、佐々木《ささき》がさ、音《ね》を上げてて。来年やってくれって」

直幸と千尋は、今ではすべての委員会活動から解放され、生徒会の庶務《しょむ》に専念していた。

「例の公約のせいで、一年クラスが軒並み無秩序状態になっちゃったろ？　しゃんとしてるのは一年じゃうちのクラスだけって有様《ありさま》でさ。参っちゃってるんだよ」

「……なんで想像できなかったのかしらね、彼」

「そういうノリだったたんじゃないかな、あいつのとこのクラスが」

「ばっかみたい」

千尋がパンをちぎって、口に放り込む。彼女は今でも佐々木に手厳しい。

教室に、おばちゃんみたいに頭巾《ずきん》をした小沼《こぬま》が飛び込んできた。

「直幸、ワックスがけ終わった！　メシくってい？」

「美化委員なんだろ？　自分で判定しろって。おまえがおまえの意思で一線を守るんだからさあ。まあ、一応あとできっちりチェックしとくよ」

「へへへ、じゃあこれでこころおきなく昼休みってことで」

小沼は揉《も》み手をしながらそそくさ自席に向かった。

「しかし、なんであんな下手《したて》になるかね……いつまで引きずってるんだか」

「ねえ、椎原《しいはら》さんは？」

「保健委員仲間とメシ食ってんじゃない？　最近、仲良くなってるらしいし」

「うぃーす、飯嶋《いいじま》わりー、コールスローなかった、ソルドアウツ」

パン屋に買い出しに行っていた篠山《しのやま》が、百円玉を投げ返してきた。

「あー、いいよ。ダメ元だったし」

「ふぃー、ハイハイちょっと失礼よっと」

篠山が自分の椅子《いす》を持って、同席する。

どさどさとパン類を机にぶちまけた。

この座席は、定員四人。今日《きょう》はあとひとりくらい交ざれる。

「飯嶋ー、聞こえちゃったんだけど、コールスロー食べるー？　私、パンだけでおなかいっぱいになっちゃったんだあ」

「……どーも」

えへらえへらと寄ってきた中目黒《なかめぐろ》に、百円玉を弾《はじ》いた。

「おっとっと」

最近、直幸《なおゆき》は中目黒に対する評価を大幅に引き上げた。

クラスでもっとも素早く、小早川派閥《こばやかわはばつ》に転身したのがこの中目黒だ。

彼女は率先《そっせん》してクラス代表を引き受け、恭順《きょうじゅん》の意をこれ以上ないかたちで示した。

そう媚《こ》びへつらうんじゃなくて普通に対等に真面目《まじめ》であってくれればいいんだ、といくら説明しても、なかなか習性は抜けないらしい。

隙《すき》あらばポイント稼《かせ》ぎをしようという魂胆《こんたん》が見え見えで、直幸は実は彼女のことがちょっと苦手である。今でも。

あそこまで来ると見事というほかないわね、とは千尋《ちひろ》の弁だ。

「立ってないで座ったら？」

「あー、いいの？　お邪魔しまーす」

これにて四人満席。メンツはその日次第で入れ替わる。風通し、良し。

そこに、昼通学を決めたばかりの宇賀神《うがじん》が、ぬっと顔を出す。

「小早川ぁ、学食行こーぜ」

宇賀神はいつぞやの停学のあと、千尋と仲良くなっていた。

信じられないことだが、事実だ。

本能と理性のコンビみたいでアンバランスなのだが、非常に仲が良い。互いに足りないものを補《おぎな》い合っているのかもしれない。

千尋の忠告を守って、今では断酒をしているとかしていないとか。

「もう食べちゃったわよ、ばか」

「腹へったぁ」

「途中で買ってくるって知恵はねーのか」と篠山《しのやま》。

「昼過ぎたら人間のクズだから」

宇賀神《うがじん》がわけのわからぬ理屈を吐《は》いた。

中目黒《なかめぐろ》がけらけらと笑った。

「おい、ふたつまでならパン食っていいぞ」

「卵焼きひとつだけあげる」

「ありがて」

篠山と千尋《ちひろ》からのお恵み。宇賀神は狭いスペースに無理やり身を押し込んできた。

中目黒が圧迫されてぎゃあぎゃあと騒ぐ。

直幸《なおゆき》は満足げに椅子《いす》に背を預け、喧噪《けんそう》を楽しむような態度で千尋と目線をかわす。

瞳《ひとみ》の奥に、炎のまたたきが、揺れた気がした。

それだけで、直幸には読み取れる。直幸だけには。

「飯嶋《いいじま》、部活ねーし、遊び行こうぜ」

「あー、悪い。ちょっと用事、あるんだ」

「さっきまでないって言ってなかったか?」

「いや悪い、急用できちゃって」

篠山はあんだよわかんねーな、とパンにかじりついた。
彼らももうじき二年生になる。一年だけ大人になって。
クラス一丸《いちがん》となって何かできるのかもしれない。
熱い一年になってくれたら最高だ。
だがとりあえず今日《きょう》は、彼女——小早川《こばやかわ》さんとデートである。

GAGAGAGAGAGAGAGA

ガガガ文庫9月刊

えくそしすた！6

著／三《み》上《かみ》康明《やすあき》

イラスト／水沢《みずさわ》深《み》森《もり》

「扉を開く者」あかりちゃんの能力がついに覚醒。このままじゃ、あかりちゃんの命が危ない！　ハーフ悪魔と退魔士、悪魔たちの最後の闘い、どーなる!?

ISBN978-4-09-451293-9（ガみ2-14）　定価600円(税込)

GJ部⑦

著／新木《あらき》 伸《しん》

イラスト／あるや

哀愁ただよわせ、物思う二年目の秋。いつもの部室、いつものテンポでクールダウン。GJ部に負けじとシスターズ活躍!ちょっぴりアンニュイ☆四コマ小説。

ISBN978-4-09-451297-7（ガあ7-7）　定価 600円(税込)

灼熱の小早川さん

著／田中《たなか》ロミオ

イラスト／西邑《にしむら》

万事如才ない高校生、飯嶋直幸。クラスメイトたちを卑下する彼の前に立ちはだかったのは、クラス委員の小早川さん。折り合わない二人が恋人に――!?

ISBN978-4-09-451291-5（ガた1-8）　予価600円(税込)

女子モテな妹と受難な俺③

著／夏《なつ》 緑《みどり》

イラスト／ぎん

大人気ハイテンションラブコメ百合風味第三弾登場!　テスト勉強の名目で明日太の家にやってきた小麦が大騒動を巻き起こす!

ISBN978-4-09-451294-6（ガな6-3）　定価600円(税込)

とある飛空士への夜想曲 下

著／犬村《いぬむら》小《こ》六《ろく》

イラスト／森沢晴行《もりさわはるゆき》

ぞくり。千々石《ちぢわ》の全身が総毛立った。『魔犬』として恐れられる千々石の眼前で繰り広げられる、アイレスⅣの華麗な邀撃。ついに決戦の火蓋が切られた!!

ISBN978-4-09-451298-4（ガい2-12）　定価700円(税込)

ドラゴンライズ 双剣士《そうけんし》と竜《りゅう》の嘘《うそ》

著／水市《みずいち》 恵《けい》

イラスト／029《おにく》

凄腕の剣士ノラ、天才魔道師のアイという美人姉妹。半人前剣士のフレイク。三人のギルドのもとに幼女の警護依頼が舞い込む。竜と人とが争う世界の物語!

ISBN978-4-09-451295-3（ガみ1-9）　定価 620円(税込)

魔王が家賃を払ってくれない

著／伊藤《いとう》ヒロ

イラスト／魚《さかな》

勇者との戦いに敗れた恐怖の魔王は、人間界の安アパートで暮らしていた……。元魔王（ニート・17歳女子）と大家の息子による日常系貧乏コメディ。

ISBN978-4-09-451296-0（ガい5-1）　定価 600円(税込)

GAGAGA
ガガガ文庫

灼熱の小早川さん

田中ロミオ

発行　2011年9月22日　初版第1刷発行

発行人　佐上靖之

編集人　野村敦司

編集　具志堅勲

発行所　株式会社小学館
〒101-8001 東京都千代田区一ツ橋2-3-1
［編集］03-3230-9343　［販売］03-5281-3556

カバー印刷　株式会社美松堂

印刷・製本　図書印刷株式会社

Printed in Japan　ISBN978-4-09-451291-5

第6回小学館ライトノベル大賞
ガガガ文庫部門応募要項!!!!!!

ゲスト審査員は畑　健二郎先生

ガガガ大賞：200万円＆応募作品での文庫デビュー

ガガガ賞：100万円＆デビュー確約

優秀賞：50万円＆デビュー確約

審査員特別賞：30万円＆応募作品での文庫デビュー

第一次審査通過者全員に、評価シート＆寸評をお送りします

内容 ビジュアルが付くことを意識した、エンターテインメント小説であること。ファンタジー、ミステリー、恋愛、ＳＦなどジャンルは不問。商業的に未発表作品であること。

（同人誌や営利目的でない個人のWEB上での作品掲載は可。その場合は同人誌名またはサイト名を明記のこと）

選考 ガガガ文庫編集部＋ガガガ文庫部門ゲスト審査員・畑 健二郎

資格 プロ・アマ・年齢不問

原稿枚数 ワープロ原稿の規定書式【１枚に41字×34行、縦書きで印刷のこと】は、70～150枚。手書き原稿の規定書式【400字詰め原稿用紙】の場合は、200～450枚程度。

※ワープロ規定書式と手書き原稿用紙の文字数に誤差がありますこと、ご了承ください。

応募方法 次の3点を番号順に重ね合わせ、右上をひも、クリップ等で綴じて送ってください。

① 応募部門、作品タイトル、原稿枚数、郵便番号、住所、氏名（本名、ペンネーム使用の場合はペンネームも併記）、年齢、略歴、電話番号の順に明記した紙

② 800字以内であらすじ

③ 応募作品（必ずページ順に番号をふること）

締め切り 2011年9月末日（当日消印有効）

発表 2012年3月刊『ガ報』、及びガガガ文庫公式WEBサイトGAGAGAWIREにて

応募先 〒101-8001 東京都千代田区一ツ橋 2-3-1
小学館コミック編集局 ライトノベル大賞【ガガガ文庫】係

注意 ○応募作品は返却致しません。○選考に関するお問い合わせには応じられません。○二重投稿作品はいっさい受け付けません。○受賞作品の出版権及び映像化、コミック化、ゲーム化などの二次使用権はすべて小学館に帰属します。別途、規定の印税をお支払いいたします。○応募された方の個人情報は、本大賞以外の目的に利用することはありません。○応募された方には、原則として受領はがきを送付させていただきます。なお、何らかの事情で受領はがきが不要な場合は応募原稿に添付した一枚目の紙に朱書で『返信不要』とご明記いただけますようお願いいたします。○作品を複数応募する場合は、一作品ごとに別々の封筒に入れてご応募ください。